KB054150

보통의 행복

보통의 행복

초판 1쇄 인쇄 2018년 6월 14일
초판 1쇄 발행 2018년 6월 21일

지은이 김기남
발행인 김승호
펴낸곳 스노우폭스북스
편집인 서진

편집진행 이병철
마케팅 김정현
SNS 박솔지

디자인 책은우주다

주소 경기도 파주시 문발로 165, 3F
대표번호 031-927-9965
팩스 070-7589-0721
전자우편 edit@sfbooks.co.kr
출판신고 2015년 8월 7일 제406-2015-000159

ISBN 979-11-88331-35-2 03810
값 15,000원

보통의 행복

김기남 지음

일러두기

금오공고의 설립과 관련해서는 2개의 대학 논문을 참고했습니다. 하나는 연세대학교 사회학과 대학원 지민우의 석사 논문으로 「중화학공업화 초기 숙련공의 생애사 연구-금오공고 졸업생을 중심으로」이고, 다른 하나는 서울대학교 대학원 임소정의 석사 논문으로 「금오공업고등학교의 설립과 엘리트 기능 인력의 활용, 1973~1979」입니다. 또한 이 글에서 저는 『농담濃淡과 여백餘白』에서 인상 깊었던 표현들을 일부 차용하기도 했음을 밝힙니다.

"삶을 완성시키는 건 삶 자체가 아니다. 삶을 바라보는 그 사람의 시선에 있다."

그의 행복론은 삶을 완성시키는 따스하고 풍요로운 안목입니다. 점점 후퇴하고 점점 경쟁력을 잃고 점점 밀려나는 줄 알았던 우리 인생이 시선의 변화를 통해 완성에 가까워짐을 느낍니다. 행복이란 멀리 있는 돌을 빼내어 가까운 곳에 괴어 두는 행위가 아닙니다. 효율이나 속도 대신 도달해야 할 곳을 먼저 살피는 마음의 변화를 의미합니다. 그와 같이 마음을 달리 먹고 바라보면 빈자리는 그 자체로 이유가 있으며, 공연히 그 빈자리를 채우려다가는 다음 날 기대어 앉아야 할 넉넉하고 푸근한 돌을 잃게 되는 것이죠. 저자의 이야기를 곱씹다가 내일의 돌을 발견하고 든든해집니다.

– 이병철(LG전자 전무이사)

단숨에 원고를 다 읽었습니다. 자리에 가만히 앉아 있을 수 없었습니다. 서두르는 내 마음을 누르기 위해 연구실 창밖으로 시선을 돌려 무등산을 바라봅니다. 이 글을 보내 준 저자와의 추억을 떠올리다가 제가 살아왔던 시간을 반추합니다. 나는 과연 얼마나 행복과 가까웠을까? 부끄러워집니다. 그러다 산 너머에서 다가오는 흰 구름을 보며 아직도 내게 행복할 시간이 남았음을 기뻐합니다. 다시 마음이 움트기 시작합니다.

이 책을 통해 저는 행복이란 나이 든 사람이 맛보는 무미無味의 맛임을 다시금 깨닫습니다. 40여 년을 한결같은 모습으로 살아온 저자의 마음도 조금은 엿보게 됩니다. 왜 그가 듬직해 보였는지, 왜 그가 자상했는지 알게 됩니다. 일찍부터 무미의 즐거움을 알게 된 그 사람을 친구로 뒀다는 것이 자랑스럽고, 그를 아름다운 행복론으로 다시 만나게 된 것이 고마운 하루입니다.

– **이칠우**(전남대학교 문화기술연구소장이자 교수, 금오 2기)

우리의 삶이 옳았음을 이 책이 증명해 줘서 얼마나 기뻤는지요. 나의 작은 재능을 이웃에 기부하는 친구들, 본인 몸이 불편한데도 힘든 봉사를 묵묵히 해내는 친구들, 경제적으로 넉넉지 못하지만 나보다 더 어려운 이웃과 나누는 친구들에게… 책을 읽는 내내 그들이 얼마나 행복하게 살고 있는지 알려 주고 싶어서 마음이 춤을 췄습니다.

내게 없는 것을 만들기보다는 내가 가진 자그마한 것으로 나눔을 실천하는 행동이 실은 더욱 행복에 가깝다는 저자의 이야기를 통해서 스스로가 얼마나 행복 가득한 사람이었는지 깨닫는 시간이 되기를 바랍니다.

– **최문정 세실리아**(천주교 수원교구 오전동 성당)

행복은 몰라도 느림이 무언지는 알고 있었습니다. 그러나 느림이 저에게는 긍정적 의미는 아니었습니다. 잠시라도 엉덩이를 붙이고 있으면 뒤처지는 건 아닌가 걱정부터 했으니까요. 그렇습니다, 저는 너무 바쁜 인생을 살았습니다. 휴식은 다시 달리기 위한 쉼의 의미일 뿐, 느림의 철학이란 건 저에게는 너무 먼 이야기였습니다.

저자의 행복 이야기를 듣다 보니 그 너무 먼 이야기가 성큼 제 앞으로 다가옵니다. 늘 세상이 너무 급변한다고 믿고 살았는데 실은 제 마음이 바람보다 먼저 눕는 풀잎 같았습니다. 그래서 오늘은, 갈대처럼 바람에 쓸리지 말고 나무처럼 우뚝 서 보자고 다짐합니다. 10년, 20년을 자라야 이제 나무답다 싶은 그 나무처럼 시간의 흐름을 조금은 넓게 잡고 언덕으로 올라야 할 것 같습니다.

– 김재춘((주)케미닉스 대표이사, 금오 7기)

행복은 사람 사이에

러시아 프리모르스키 지방에는 알록달록한 빛깔의 아름다운 자갈이 깔려 있는 '우수리'라는 이름의 만이 있습니다. 파란색, 붉은색, 초록색, 하얀색의 자갈들이 어우러져 일출이나 일몰 때 아름다운 풍광을 만들어 냅니다.

이 자갈의 정체는 유리 조각입니다. 인근 지역에 있는 공장에서 10톤에 달하는 도자기와 유리병을 불법으로 버린 것이 오랜 시간 파도에 휩쓸리며 자갈처럼 동그랗게 다듬어진 것이죠. 쓰레기 바닷가였던 이곳은 파도와 시간의 조화 속에서 아름다운 유리 자갈 해안으로 변모합니다.

보잘것없는 작은 생명체였던 저는 도대체 어떤 파도와 시간을 거쳐 지금의 제가 되었는지 가만히 생각해 봤습니다. 자연스럽게 떠오르는 건 사람들의 얼굴입니다. 어린 시절 저의 전부였던 가족을 비롯해 고등학교 시절 처음 기숙사 생활을 하며 만난 동기들 그리고 군대와 대학을 지나 사회에서 만났던 약 1만 명의 사람들. 때로는 저를 흔들고, 때로는 저를 때리고, 때로는 저를 북돋고, 때로는 저를 보듬어 주던 그 파도는 모두 사람이었습니다.

한 명의 아이가 자라기 위해서는 하나의 마을이 필요하다.

– **아프리카 속담**

그들의 크고 작은 손길이 제 몸과 마음에 닿아 저라는 조각상을 만들어 왔다는 데 생각이 미칩니다. 그들과의 만남을 뺀다면 지금의 제가 어떤 모습이 되었을지 상상하기 어렵다는 데 생각이 미칩니다. 그리고 다시 가만히 생각해 봅니다. 그건 행복의 순간이었을까? 물론 어떤 때는 피하고 싶은 순간이기도 했고, 싫지만 내색할 수 없었던 순간이기도 했습니다. 그런데 한때 1만 명의 인맥을 알고 지내던 저는 나이가 들어 가면서 "만남은 행복이다"라고 나직이 읊조립니다.

만남 자체가 행복임을 받아들이기까지는 내적 성숙의 과정이 필요했습니다. 이 책에 그 과정이 담겨 있습니다. 더불어 저는 평생에 걸쳐 만난 1만 명 중에 제게 깊은 감명을 안겨 준 분들의 이야기를 소재 삼아서 성숙과 행복이라는 두 가지 주제를 이야기하려고 합니다.

성숙은 마이너스적인 성향을 갖고 있습니다. 깊이라는 게 흙을 퍼내어 얻어지듯 성숙도 더해서 얻는 게 아니라 덜어 내면서 얻는 것입니다. 더하기에 익숙했던 시절, 우리에게는 소유와 만족이 전부였을지 모릅니다. 이제는 빼기의 세계에 익숙해질 때가 되었습니다. 성숙과 행복이라는 새로운 언어를 배울 때가 되었습니다.

행복의 해안가를 꿈꾸는 당신에게, 1만 명의 친구를 만나면서 알게 된 행복의 비밀을 소개하려고 합니다.

차례

느림의 발견

가벼움의 발견

너무 작아 눈에 띄지 않던 것들

단순함을 찾아서

Chapter 1

행복의 얼굴

우리 인생엔 단 하나의 행복만 있다.
그것은 사랑하고 사랑받는 것이다.

◆ 조르주 상드 ◆

나이 듦은 절대
불행일 수 없다

1943년 비주류 심리학자 에이브러햄 매슬로우는 임상에서의 오랜 관찰과 경험을 종합해 욕구단계설을 발표했습니다. 인간의 욕구는 여러 층으로 이뤄져 있으며 전前 단계의 욕구가 충족되어야 다음 레벨의 욕구를 갈망하게 된다는 게 골자였습니다. 먹을 게 해결되지 않은 사람이 사회적 명예를 바라기는 힘들다는 이야기입니다. 또한 매슬로우의 이론은 욕구는 만족을 모르며 계속 커진다는 점도 암시하고 있습니다.

처음 매슬로우가 욕구단계설을 발표했을 때는 다섯 단계로 구성되어 있었습니다. 제일 낮은 단계에 생리적 욕구가 있고, 제일 높은 단계에 자아실현이 자리했습니다. 자아실현은 더 많이 알고 싶어 하고 아름다운 걸 추구하고 싶어 하는 욕망으로 설명되는데 매슬로우는 이 단계에 한 가지 단서를 덧붙였습니다. 마지막 다섯 단계의 욕구는 앞의 네 단계와 달리 계속 커지는 경향이 있다는 설명이었죠.

예컨대 2015년 노벨상 수상자인 앵거스 디턴과 대니얼 카너먼 교수는 소득 수준이 7만 5천 달러가 되기 전까지는 소득 증가가 행복 증가로 이어지지만 이 수준을 넘어서면 둘은 결별한다고 설명합니다. 최소한 경제 소득 측면에서 욕구가 반감되는 시기가 존재한다는 이야기지요. 반면 매슬로우는 욕구단계설의 마지막 5단계는 어디가 한계점인지 모를 만큼 계속 증가한다고 말합니다. 그러다 훗날 매슬로우는 5단계 위에 6단계를 얹으며 '사회에 기여하고픈 욕구'라는 항목을 삽입합니다. 5단계, 즉 자아실현을 달성한 사람은 타인의 삶을 돌아보고 사회에 관심을 갖게 된다는 것이죠. 마지막 6단계도 한계점은 따로 없는 것 같습니다. 여기서도 욕구는 점점 자라는 경향이 있습니다.

많은 사람이 행복을 매슬로우의 욕구 이론대로 바라보는 것 같습니다. 하나를 만족하면 다음 단계로 넘어가려고 하죠. 어제

드디어 취업에 성공한 A는 내일부터는 승진을 꿈꾸며 다시 새로운 욕구의 세계로 뛰어듭니다. 오늘 경제적으로 안정을 얻은 A는 내일부터는 명예의 세계로 다시 발을 내딛습니다. 그토록 바라던 일을 성취하는 짧은 순간 만족감을 느낀 그들은 또 다른 성취, 또 다른 보상을 위해 오늘의 만족감을 내려놓고 다음 단계로 넘어갑니다. 이들에게 행복이란 도전과 성취, 만족의 사이클로 이뤄져 있습니다.

그런데 행복과 욕구 충족을 동일시하게 되면 한 가지 곤란한 문제에 부딪치게 됩니다. 나이가 드는 모든 사람은 필연적으로 불행에 직면하게 된다는 사실입니다. 때가 되면 누구나 젊음을 빼앗기고, 경제력도 잃게 되고, 사회적 명예도 반납해야 하며, 심지어 친구도 점점 줄어듭니다. 우리를 분주히 움직이도록 만들었던 욕구가 더 이상 실현 불가능해지는 시기가 다가옵니다. 누구는 건강을 잃어서, 누구는 명예퇴직을 당해서, 누구는 후배에게 자리를 내줘서 하고 싶어도 하지 못하는 불능의 상태에 이르게 됩니다. 도전과 성취의 바퀴가 속도를 잃게 되면서 불행을 맞이하는 게 사람의 숙명이지요.

•

그런데 제가 만나 온 사람들 중에는
나이 듦 자체는 절대 불행일 수 없다고
말하는 사람들이 있습니다.
욕구와 행복을 분리시킨 사람들로,
저는 그들을 통해
행복이란 게 무엇인지 배우게 되었습니다.
그리고 이 나이가 되고 보니
저 역시 행복의 얼굴이
욕구와 구별되기 시작합니다.

행복과 욕구는 분명 닮았습니다. 어떨 때는 행복이 욕구의 거울처럼 느껴질 때도 있습니다. 그러나 제가 오른팔을 들면 거울 속 나는 반대로 왼팔을 들듯이 행복 역시 욕구와 다른 손을 듭니다. 욕구가 자꾸만 커지려고 할 때 행복은 작아짐을 택하고, 욕구가 자꾸만 빨라지려고 할 때 행복은 느림의 편에 섭니다. 둘은 한 배에서 태어난 쌍둥이지만 하는 짓은 정반대입니다. 욕구만 따라가는 삶의 위태로움을 막기 위해서 다른 한쪽에서 균형을 잡아 주는 역할을 행복이 하는 게 아닌가 싶은 생각도 듭니다. 그래서 욕구에 대해서 일정한 거리를 두게 하고, 종국에는 행복 쪽으로 무게중심을 인도하는 것 같습니다. 물론 그러기 위해서 우리는 우리 삶이 보내오는 불균형한 신호에 민감해져야 하죠.

행복과 기쁨의 차이

하루는 직장 동료들과 대화를 나누다가 행복에 대한 주제가 나왔습니다. '행복이란 뭘까?' 너무 당연해서 묻는 사람이 도리어 이상해 보일 수 있습니다. 그런데 그 당연한 행복이 질문의 형태가 되면 대답하는 것 또한 만만치 않죠. 저는 그들에게 한 가지 이야기를 들려줬습니다.

"아버지는 호흡곤란으로 병원에 입원해서 한때 의식불명에 빠졌고, 다행히 심장 수술을 받고 목숨은 건졌지만 일상생활이 불가능해 병원에 입원해 있습니다. 막내 동생은 머나먼 미국 생활 중에 어떤 이유인지 유서 한 장 남기지도 않고 스스로 목숨을 끊었습니다. 또 다른 동생은 남편과 이혼소송을 벌이고 있는

데 합의점을 찾지 못해 곤경에 처해 있습니다. 그리고 본인 역시 이혼한 상태이고, 얼마 전에는 형사소송에 휘말려 수감 생활을 하고 있었습니다. 이 사람은 과연 행복한 사람이라고 할 수 있을까요?"

누가 들더라도 행복과는 거리가 멀어 보이는 이야기죠. 그런데 이 사례의 주인공은 이름만 대면 다 아는 대기업에 다닙니다.

제가 일부러 나쁜 이야기만 꺼낸 것일지도 모릅니다만, 그래도 그 부와 권력을 받는다는 조건으로 그 사람과 자리를 바꾸겠느냐고 묻는다면 십중팔구 고개부터 젓지 않을까 싶습니다.

●

우리가 바라는 행복이란 게
돈의 많고 적음,
권력의 높고 낮음으로
결정되지 않는다는 이야기지요.

생각해 보면 행복과 욕구가 다르다는 것은 금방 드러납니다. 생리적 욕구로 예를 들어 볼까요? 참던 오줌을 시원하게 누고 나서 "아, 행복하다!" 하고 말하는 사람이 있던가요? 끼니때가 되어 밥술을 뜨면서 "아, 행복하다!" 하고 감동에 젖는 사람도 없습니다. 단계를 올려도 마찬가지입니다. 보험에 가입하며 "아, 행복하다!" 하고 외치거나 승진을 하면서 급여가 올라서 "아, 행복하다" 하고 말하는 사람을 저는 본 적이 없습니다. 물론 신이 나서 환호성을 지르는 경우는 있고, 만면에 미소를 지으며 기뻐하는 사람은 많이 봤습니다. 그런데 '행복'이라는 단어로 직접 표현되는 그런 모습은 아닙니다.

행복이 일상적 기쁨과는 다른 형태를 갖고 있기 때문인 것 같습니다. 일상적인 기쁨이 노력과 보상, 문제와 해결, 욕구와 만족이라는 구조 안에서 움직이는 것과 달리 행복은 보상이나 해결 또는 만족과 무관하게 움직이는 까닭이겠죠.

극단적인 예시가 있습니다. 보통은 사랑도 노력과 보상 차원에서 이뤄집니다. 제가 그녀를 사랑하고, 그녀도 저를 사랑하면 저는 기쁨을 누립니다. 반면 저는 그녀를 사랑하는데 그녀가 저를 사랑하지 않는다면 저는 슬픔에 빠지겠죠. 그런데 청마 유치

환과 같은 시인은 "사랑했으므로 행복했네"라고 말합니다. "내가 너를 사랑했으니 너도 나를 사랑해 줘야 해"가 아니라 그저 사랑했다는 것 자체를 행복이라고 말합니다.

마케도니아의 알렉산더 대왕은 철학자 디오게네스가 알몸으로 누워 있는 모습을 보고 "뭐 필요한 게 없나?" 하고 물었습니다. 돌아온 답변은 너무 유명하죠. "일광욕을 하는 중입니다. 저에게 필요한 건 햇볕입니다. 한 걸음만 물러서 주시지요." 디오게네스 같은 사람에게는 집이나 자동차 같은 물질적인 소유나 정복과 같은 권력 자랑질이 아니라 햇볕과 같이 소유 불가능한 자연적 경험이 행복이었습니다.

부왕의 총애를 받으며 필요한 모든 걸 가질 수 있었던 왕자 싯다르타는 욕구의 만족이 얼마나 찰나인지를 깨닫고 진짜 행복을 찾아 가출합니다.

제가 마음으로 사랑하는 어느 분은 "마음이 가난한 자에게 복이 있다"고 말씀하셨지요. 가난과 행복을 이렇게 직접적으로 연결시킨 사례도 드뭅니다.

너무 멀리 갔나요? 가까이 돌아봐도 마찬가지입니다. 연세 드신 우리 부모님들은 이렇게 말씀하십니다. "너희가 아프지 않고 건강하게 자라 준 게 부모로서 가장 큰 기쁨이었다." 자식이 효도하지 않아도, 바라던 어떤 훌륭한 사람이 되지 못해도 상관없습니다. 그저 바라만 봐도 흐뭇하고 즐거운 마음을 우리가 행복이라고 말할 수 있다면 자식을 보는 부모의 애정 어린 눈빛이 곧 행복이 아닌가요?

혼자 누리는 즐거움은 행복에 속하지 않는다

행복을 욕구 충족 문제로부터 떼어서 생각하면 지나온 과거, 지금 살아가는 현재, 앞으로 살아가게 될 미래까지 인생을 바라보는 새로운 시각을 얻을 수 있게 됩니다.

지금까지 우리는 욕구와 만족 차원에서 인생의 성공과 실패를 논했습니다. "돈 많이 벌었어?" 이 질문에 고개를 끄덕일 승자는 소수입니다. 제 주변에도 나름 사회에서 인정받고 살아온 사람이 많은데 그들은 하나같이 말합니다.

"이 정도를 성공이라고 할 수 있을까?"

"성공도 실패도 아닌 것 같아."

돈을 성공 잣대로 놓고 본다면 그 좁은 문을 통과한 사람은 세계 인구 가운데 0.0001%도 안 될 것 같습니다. "사회에서 존경받느냐?"는 질문 역시 승자가 거의 없습니다. 제가 보기에 저 정도면 존경받는 인물 같지만 정작 본인에게 물어보면 그는 자기보다 더 존경받는 누군가를 꼽더군요.

반면 행복은 떳떳하게 자랑할 수 있습니다. "당신 행복한가요?" 하고 물을 때 그렇다고 답변하는 빈도수가 더 높습니다. 그들은 행복을 굳이 감추지 않습니다. 행복 앞에서 겸손하지도 않고 사양하지도 않습니다. 행복을 남에게 양보하지도 않습니다. 돈이나 명예는 희소성이 있어서 내가 갖고 있으면 남이 가질 수 없는 것이지만 행복은 너나 가리지 않고 누릴 수 있습니다. 너도 나도 가질 수 있으니 이를 자랑하고 널리 알려서 두루 나누고 싶은 거죠.

행복의 이런 특성 덕분에 '행복 바이러스'와 같은 말도 만들어진 것 같습니다. 돈은 쓰다 보면 바닥이 나고 권력은 때가 되면 사라지지만 행복은 마치 촛불처럼 얼마든지 옮겨 붙일 수 있습니다. 물리의 세계에서는 질량 불변의 법칙이 절대적 군주로 군림하고 있지만 행복의 세계에서는 나눌수록 커지는 신비한 마법이 선량한 이웃의 얼굴로 살아갑니다. 행복한 자에게는 그래서 친구가 많죠. 그는 타인을 의심의 눈초리로 바라보지 않습니다. 그는 타인과 자신을 비교하는 우를 범하지 않습니다. 사람들 앞에서 굳이 감출 게 없으므로 부자연스런 행동이 없습니다.

소크라테스와 함께 전쟁에 참전했던 사람들은 그의 용기와 여유로움, 삶을 즐기는 태도를 찬미했습니다. 동료들이 증언하는 소크라테스는 다들 도망치기 바쁜 상황에서도 서두르지 않으며, 도리어 다친 동료를 구하는 용기 있는 사람이었습니다. 칼바람이 춤추는 적진 한복판에서도 그는 전혀 두려움을 느끼지 않는 것처럼 보였죠.

소크라테스에게는 두려울 게 없었습니다. 돈이 많아서? 유명해서? 철학자라서? 아닙니다. 그가 사람을 바라보는 시선에는 편견이나 악의나 오해가 없었기 때문입니다. 그는 갑옷으로 사람을 평가하지 않았고, 깃발의 모양이나 아군 또는 적군의 눈으로 사람을 보지 않았습니다. 물론 죽음에 대한 두려움을 떨친 것도 한 가지 이유가 되겠습니다만, 동양적으로 말하면 그는 인자무적仁者無敵, 즉 어진 사람이었기에 적이 없었던 것이죠. 공자가 전국을 다니며 유세할 때 굳이 착하다고 소문난 왕만 만난 게 아니라 두루두루 만나면서 자신의 뜻을 펼쳤던 것도 같은 선상에서 이해할 수 있습니다.

전쟁 중인 나라의 입장에서는 적군과 아군이 물과 기름처럼 섞일 수 없지만, 어떤 이에게는 피아 식별 같은 이분법적 구분 이전에 다 같은 사람이라는 생각과 따스한 마음이 있습니다. 마을이 두 쪽으로 갈라져서 싸우는 와중에도 박쥐라는 소리 들으면서도 이곳저곳 두루 다니며 회해 분위기를 만들려는 어르신이 간혹 계셨죠. 회사에서도 내 편 네 편 갈라진 틈바구니에서 홀로 애를 쓰며 조화를 만들기 위해 노력하는 직원이 보이기 마련입니다. 그들은 굳이 생각을 하나로 통일하려고 애쓰지 않습니다. 차이를 인정하고, 갈라진 양측을 오가며 타협점이나 화합의 기틀을 마련하려고 합니다. 저는 그들이 가치나 신념, 색깔 이전에 사람을 그대로 보려는 인간적인 시선을 가졌다고 생각합니다.

●

성공과 실패,

돈과 명예는 개인적 차원의 가치입니다.

그 가치들은 필연적으로 사람을 나누고

상대와 나를 비교하게 만들죠.

그러나 행복은 공동체적 가치입니다.
가깝게는 나와 인연이 깊은 가족이나 지인들,
멀리는 옷깃이 스친 인연까지
모두를 폭넓게 바라보는 것입니다.
혼자 만들어 가는,
혼자 누리는 즐거움은
행복에 속하지 않습니다.

행복이란 단어는 사람을 보면 일어나는 감정입니다. 바람이 저 혼자 불 수 없듯이 행복이란 사람과 사람 사이에서 부는 훈풍입니다.

그 사랑을 얼마나 나누려고 노력했는가

저는 행복하기 위해 살아왔습니다. 사람들의 얼굴에 드리워진 그늘을 저는 지나치지 못했습니다. 그들이 웃을 때 저는 기쁨을 느꼈습니다. 마치 엄마가 울면 함께 울고 엄마가 웃으면 함께 웃는 아기 같달까요? 제가 행복해지기 위해서는 저와 인연이 있는 사람들에게 행복을 전해 주는 게 선행조건이었죠.

요즘은 행복을 '나 홀로'와 연결시켜서 이해하는 경향이 있습니다만, 나만 행복하면 그만이라는 생각은 고립을 자초하게 됩니다. 물론 어떤 사람은 혼자라서 행복할 수 있습니다만, 제 두뇌 회로에는 '혼자라서 행복'은 입력되어 있지 않습니다. 행복을 일상의 크고 작은 사건 속에서 느끼는 감정이라고 본다면 혼자 있을 때는 결코 행복을 느낄 수 없습니다. 사건이란 사람과 사람 사이에서 벌어지기 때문입니다. 둘이 나누는 대화도 사건이고, 의견이 다른 것도 사건입니다. 의견이 달라도 상관없습니다. 내 뜻대로 되지 않아도 괜찮습니다. 같이 있는 자리를 즐기면 그만입니다. 그들과 함께 있어서 행복하고, 그들의 안색이 편안해서 행복하고, 때로는 그들이 얼굴을 붉히며 다투기도 하는데 그러면 제 역할이 생겨서 행복합니다.

저는 혼자 있을 때 제 얼굴이 어떤지 잘 모릅니다. 혼자 생각에 잠겨 있거나 문제의 답을 강구할 때 어떤 표정을 짓는지 잘 모릅니다. 그렇지만 사람을 만날 때는 제 얼굴이 어떤지 짐작하기 쉬워지더군요. 그들은 제 안색이 풍기는 분위기나 메시지를 읽습니다. 그리고 표정을 짓게 되지요. 물론 제 발 저린 사람이 있기도 하고, 속없이 웃을 수만은 없을 때도 있습니다. 그럼에도 저는 느리게 말하고, 천천히 움직이며, 편안하게 앉습니다. 상대가 경직되면 더욱 느리게 말하고, 천천히 움직이며, 입가에 미소를 띠려고 합니다. 업무적 미팅을 제외하고는 다 이렇게 하려고 애를 씁니다. 저의 멘토나 인생 선배들 그리고 배울 만한 게 있는 많은 분을 사귀면서 어떤 얼굴로, 어떤 말로 교우를 나누는 게 좋은지 배운 까닭입니다.

저는 지인 모임에서 분위기를 좌우하며 즐거움을 선사하는 사람들을 알고 있습니다. 저는 말수는 적지만 배려에 능한 사람들을 알고 있습니다. 저는 정치적 이슈에서도 감정을 고조시키거나 사람들을 격앙시키지 않으면서도 무던하게 대화를 이끌어 가는 사람들을 알고 있습니다. 저는 속없는 사람처럼 즐거운 듯이 상대에게 미소를 보내는 사람들을 알고 있습니다. 그들이 혼자 있을 때 어떤 표정을 짓는지는 저도 잘 모릅니다. 그러나 최소한 그들은 같이 있는 사람들이 짓는 즐거운 표정에서 행복감을 느낍니다.

연애시에 자주 등장하는 '행복은 사랑하는 사람의 미소에 있다'라는 구절이 그냥 탄생한 것은 아닌 것 같습니다. 조지 베일런트라는 행복학 연구자는 하버드 졸업생들을 수십 년간 추적 관찰한 후에 내가 사랑하는 사람이 많고 또한 나를 사랑하는 사람이 많을 때 행복하다는 결론을 제시했습니다. 그는 수십 년간의 실험을 통해 지력이나 경제력, 사회적 위치가 아닌 '사랑하는 사람의 숫자'가 행복을 증명한다는 결론을 내렸습니다.

개인적으로는 이 결론에 한 가지를 더 보강하고 싶습니다. 사랑하는 사람의 '숫자'가 핵심이 아니라는 이야기입니다. 보다 정확히 말하면 '그 사랑을 얼마나 나누려고 노력했는지'에 따라 '숫자'가 만들어졌겠지요.

●

베일런트의 행복학 연구에서는
사랑의 노력을 설명할 만한 잣대가 부족해서
단지 사랑하는 사람의 수로
행복의 크기를 측정한 것 같습니다.
다시 강조하지만 핵심은 이겁니다.
나는 사랑을 얼마나 나누려고 노력했는가?

이렇게 말하다 보니 매슬로우가 훗날 추가한 마지막 6단계의 내용과 겹치는 점이 있군요. 그는 자아실현이라는 5단계 위에 '사람들을 도우려는 마음, 사회에 기여하려는 마음'을 추가했지요. 사랑을 나누려는 마음도 여기에 포함되지 않을까요? 매슬로우의 욕구단계설도 끝에 이르면 행복의 얼굴과 닮아지는 모양입니다.

행복을 찾기 위한 3가지 질문

행복이란 무엇일까요? 행복을 찾기 전에 행복이 무엇인지를 아는 게 먼저 같습니다. 힘겹게 산을 오르고 "이 산이 아니었네!" 하고 말하면 안 되니까요. 질문을 던지면서 한 걸음씩 다가가 봅시다.

행복이란 소유가 가능한 것인가?

"소유할 수 있다"고 말하려면 행복에서 소유가 가능한 것들의 특징을 발견할 수 있어야 합니다. 예컨대 우리는 돈을 소유할 수 있습니다. 물건을 살 수 있고, 저축할 수 있고, 기부할 수 있습니다. 또한 우리는 책을 소유할 수 있습니다. 책장을 펼칠 수 있으며, 남에게 빌려주거나 선물할 수 있습니다. 이전이나 교환, 등 소유와 연관된 활동이 가능해야 합니다.
그런데 행복은요? 팔거나 빌려줄 수 있나요?

행복의 기준은 누가 마련하는가?

길이의 단위인 1미터는 진공 상태에서 빛이 1/299,792,458초 동안 나아간 거리입니다. 길이의 단위를 빛에서 빌려 온 까닭은 진공에서 빛의 속도는 불변하다는 과학적 결론 때문이죠. 마찬가지로 질량이나 시간 등의 단위도 특정 원자의 진동수처럼 변치 않는 자연의 기준을 탐색하며 찾게 됩니다.
그렇다면 행복의 기준은 무엇이며, 누가 제시한 것일까요? 과학기술에 적용되는 기준 찾기를 행복으로 옮기다 보면 우리는 누구나 옳다고 여기는 객관적 기준을 발견할 수 없다는 사실에 도달합니다. 나아가 행복이란 각자의 주관적 기준에 따라 설정하면 그만이라고 말할 수도 없게 됩니다. 왜냐하면 그 주관적 기준도 변하고 있기 때문입니다. 과거에는 취업만 하면 좋겠다고 여기던 시절이 있었는데 이제는 결혼만 하면 좋겠다, 아이들이 건강하게 자라기만 하면 좋겠다고 합니다. 행복의 기준이란 건 임시적이거나 정해진 게 없다고 말할 수밖에 없습니다.

행복을 누리는 데 필요한 조건은 무엇인가?

기업체가 존재하기 위해서는 자본, 경영진, 직원, 상품이 있어야 합니다. 마찬가지로 행복의 조건을 생각해 볼 수 있습니다.

앞서 살펴봤듯이 경제력이나 사회적 지위는 행복의 조건이 될 수 없습니다. 매슬로우 방식으로 생각하면 기초적인 욕구가 달성되면 행복도 누릴 수 있을 것 같은데 밥 먹고살고, 회사가 안정적이고, 가족이 무고하고, 사회에서 인정받는 위치에 있다고 해서 꼭 행복한 건 아닙니다. 행복의 조건이란 갖춰지면 무조건 행복해야 하는 것을 의미합니다. 그렇지 않으면 조건이라고 부를 수 없죠.

주변을 둘러보면 스스로 행복하다고 말하는 사람들이 있는데 그들의 사례를 들여다보면 처한 조건이 모두 다름을 확인할 수 있습니다. 행복하다고 말하는 사람들이 모든 걸 완벽하게 갖추고 있는 것도 아니죠. 삶이 보름달처럼 완전한 경우는 시간상으로 잠시거나 아니면 허구입니다. 아무리 행복한 사람이어도 가족 중에 아프거나 돌아가신 분이 없는 사람은 없습니다. 아무리 행복한 사람이어도 다 부자는 아닙니다. 아무리 행복한 사람이어도 일상에 문제 하나 없는 사람은 없습니다. 결여된 게 있지만 그럼에도 그들은 행복하다고 말합니다.

이와 같이 추적해 보면 행복하다는 사람들에게서 공통적으로 발견되는 것은 결여나 불완전밖에 없습니다.

잘 갈아 놓은 마음 밭이
곧 인격이다

행복을 3가지 거름망으로 걸러 봤습니다. 당신의 두 손에 남은 건 무엇인가요, 그걸 행복이라고 부를 수 있나요?

물질을 소유하는 것만으로는 행복을 얻을 수 없습니다. 행복이라고 부를 만한 객관적 기준은 존재하지 않습니다. 행복의 조건도 없습니다.

아직 우리는 행복의 구체적인 얼굴을 만난 적은 없지만 3가지가 없는 상태에 도달했습니다. 그런데 말이죠, 어쩌면 3가지가 없다는 것, 즉 결여되어 있다는 것이 행복의 공통점은 아닐까요? 불완전함이나 결여에서 우리는 행복의 공통점을 발견할 수 있습니다. 여기서 힌트를 얻어 저는 행복을 가난한 마음이라고 일단 가정해 보면 어떨까 싶습니다.

보통 행복을 떠올릴 때 강물처럼 차고 넘치는 기쁨을 그리는 경우가 많습니다. 그런데 3가지 거름망을 통과하고 남은 행복이란 채움이 아닌 결여에 더 가까워 보입니다. 저는 이를 '비어 있는 마음'이나 '비우는 마음'이라고 읽고 싶습니다.

만일 행복을 비어 있는 마음이라고 한다면 마음 한구석이 텅 비어 늘 아려 올 겁니다. 이런 마음인 사람은 타인의 어려움을 금세 알아차립니다. "아프냐? 나도 아프다"라는 한 드라마의 대사는 마음이 비어 있어 쓰라림을 느끼는 사람이 어째서 타인의 마음을 잘 헤아리는지를 보여 줍니다. 행복을 비우는 마음이라고 읽으면 우리는 내 속을 꽉 채우고 있는 '내 뜻대로 하려는 마음'을 내려놓는 게 곧 행복이라고 말할 수 있습니다. 반대로 생각해 보면 불행이란 뜻대로 되지 않는 현실을 의미합니다. 현실은 내 손으로 바꿀 수 없습니다. 그렇다면 '내 뜻'을 내려놓았을 때 행복이 되겠죠.

이와 같이 결여, 부족함이라는 특성을 갖고 있는 게 행복이라면 우리는 행복의 다른 이름들을 떠올릴 수 있게 됩니다.

•

스스로 족함이 있다는 의미의 자족은
많이 가져서 지족이 아니라
못 가진 만큼 만족하자는 자족이 됩니다.
자신을 질책한다는 뜻으로
잘못 읽히는 자기 성찰은
나의 부족함을 거울에 비춰 보는 일입니다.

그리고 우리를 둘러싼 경쟁 사회가 추구하고 있는 것의 반대편에서 균형을 잡아 주는 것들, 예컨대 느린 것, 작은 것, 단순한 것, 말수가 적은 것, 무미한 것 들이 비로소 행복의 이름 옆으로 얼굴을 내밀게 됩니다. 이와 같은 소박한 가치들은 물질을 추구하는 삶과 달리 인격과 매우 친근합니다.

미국의 작가 엘리자베스 스튜어트 펠프스Elizabeth Stuart Phelps는 행복의 이런 특성을 잘 짚어 내고 있습니다.

"Happiness must be cultivated. It is like character. It is not a thing to be safely let alone for a moment, or it will run to weeds 행복은 인격처럼 계발되어야 하는 것이다. 왜냐하면 잠시만 내버려 둬도 곧 잡초가 무섭게 올라오기 때문이다."

영어 원문을 보면 'character'라는 단어가 쓰이고 있습니다. 우리의 언어 습관에 따르면 'character'는 '성격'을 의미할 뿐, '인격'은 도덕적인 사람에게 붙이는 경향이 있습니다. 그러나 펠프스가 캐릭터를 문화화해야 한다고 말했을 때는 물론 그 일차적인 의미는 농사를 짓듯이 땅을 일군다는 의미가 있지만, 캐릭터에 개발 가능한 인격의 의미가 있음을 암시하고 있는 것이죠.

펠프스를 통해 우리는 인격과 나란히 서 있는 행복을 만납니다. 행복은 마치 밭과 같아서 훗날 농부가 씨 뿌릴 때를 대비해 자갈을 캐야 하고, 잡초를 제거해야 하며, 이랑을 파 줘야 한다고 그는 말합니다. 동양식으로 표현하면 잘 갈아 놓은 마음 밭이 곧 인격인 것입니다.

불행을
함께하는 것

벼의 품종에는 우수한 것과 열등한 것이 있고, 씨앗의 품질에는 강인한 것과 연약한 것이 있습니다. 마찬가지로 사람의 마음에도 강한 마음, 약한 마음이 있습니다. 그러나 좋은 마음, 나쁜 마음은 없다고 믿습니다. 모든 마음이 소중합니다. '그 사람의 약한 마음을 어떻게 위로할까? 어떻게 도울까?' 하는 문제만 남아 있는 셈이죠.

승진이나 자녀 결혼식처럼 경사스런 일에는 저 말고도 함께해 줄 사람이 많습니다. 그러나 불행한 일이나 슬픈 일에는 함께하는 사람이 적기 마련입니다. 명퇴나 이혼, 부모님의 건강 악화,

자녀 문제처럼 우리 가까이 있으나 말하기 어려운 사건은 늘 벌어집니다. 저는 그들에게 위로가 되고 싶었습니다. 그들이 슬퍼할 때는 꼭 옆에 있는 사람이 되고 싶었습니다.

제게는 유독 사람들이 처한 문제가 눈에 잘 띄었습니다. 한 가지 이유를 찾자면 젊은 시절부터 회사가 부딪친 문제를 해결하느라 동분서주 뛰어다니다 보니 '문제 발견'에 능해진 것인지도 모르죠. 대개 사람의 문제임을 알게 되었고, 그 사람과 자주 만나다 보니 그가 처한 삶의 어려움까지 알게 된 것이죠.

그런 삶을 이어 오다 보니 고민을 들고 찾아오는 사람들이 생겼습니다. 회사 사장으로 일하는 지금도 사무실을 두드리거나 전화를 거는 사람이 많습니다. 회사 내부 문제나 개인 문제를 안고 상담을 청하는 직원도 있고, 사회에서 알게 된 동창이나 지인들이 전화를 걸거나 찾아와서 도움을 요청하거나 고민을 털어놓습니다. 물론 제가 무슨 대단한 힘이 있는 건 아니고, 힘이 닿는 대로 돕되 만일 제 힘이 모자라면 며칠 말미를 얻어 사람을 연결시켜 주기도 하고, 정 안 되면 그저 술잔을 기울이며 이야기를 들어 주거나 위로와 격려의 한마디를 해 주곤 했지요. 작은 힘이나마 문제 해결에 징검다리가 되면 그들은 한결 가벼워진 표정으로 돌아갑니다. 저는 그들이 기운 차린 발걸음으로 돌아가는 모습을 보는 게 그렇게 행복할 수 없었습니다.

•

그렇게 불행을 함께하겠다고
마음을 먹고 실천하며 살아오자
놀라운 일이 벌어졌습니다.
주변에 행복이 넘치기 시작합니다.

언제부터인가 집사람이 그러더군요. 자기는 행복하다고. 친구 같은 남편이 있고, 하고 싶은 걸 하면서 사니까 행복하답니다. 아내는 신앙생활을 하고 있는데 신앙 공부와 성당을 위한 봉사활동 그리고 선교를 마음껏 하는 게 그렇게 즐거울 수 없다고 합니다. 저에게는 올해 32살 먹은 아들이 한 명 있습니다. 아들은 우리 집이 행복하답니다. 열심히 사는 아빠가 있고, 하고 싶은 일 하며 즐겁게 사는 엄마가 있으니 행복하답니다.

무엇보다 좋아하는 친구들을 집으로 초대할 수 있는 개방된 환경과 사람들과의 어울림이 즐겁다고 합니다. 일주일에 1, 2일은 저희 집으로 손님이 찾아옵니다. 특별한 사정 없이 찾아오는 손님은 많아도 행복 없이 찾아오는 사람은 없습니다. 그저 얼굴만 보고 가는 일도 잦고 굳이 나누지 않아도 될 대화를 할 때도 많지만 문턱이 닳도록 사람이 드나드는 가운데에서 소통이 이뤄지고 미소가 전파됩니다.

저는 천성이 사람을 좋아하는 모양입니다. 이 책을 쓰게 된 것도 그리고 이 책이 저의 아홉 번째 책이 된 것도 사람을 좋아하는 성격 때문이었죠.

한 번은 기업 박람회에 나갔다가 우연히 중소 업체를 경영하는 분을 만나 지인으로 알고 지냈습니다. 그가 자기 회사에서 강의를 해 달라고 요청해서 갔다가 "강의 내용이 정말 훌륭하다면서, 강의로 그치지 말고 꼭 책을 써 보라"고 권유하는 바람에 10년 전에 첫 책을 쓰게 되었죠. 그분은 제 인생에 큰 선물인 작가라는 새로운 닉네임을 가지도록 해 주셨습니다.

지인들은 제가 책을 쓴다는 사실을 알고는 그때부터는 자기 이야기도 좀 넣어 달라고 애교 섞인 요청을 하고 있습니다. 그러면 저는 그게 또 마음에 걸려서 '다음 책에는 이분 이야기를 꼭 넣어야지' 하고 한 권씩 썼습니다. 그러다 보니 벌써 아홉 번째 책에 이른 것이죠.

만일 누군가 행복의 기원을 묻는다면 저는 기꺼이 이렇게 대답할 것입니다.

"창세기가 신과 인간의 만남을 세상의 첫 번째 사건으로 삼고 있듯이 행복의 첫 번째 사건은 사람과 사람 사이의 만남에서 시작되었습니다."

행복과 불행, 욕구와 만족, 도전과 성취, 기쁨과 슬픔이 어디에서 시작되었는지 찾아보면 우리는 반드시 사람과 사람 사이에서 벌어지는 일임을 부정할 수 없게 됩니다. 다만 그 만남을 행복의 표정으로 빛나게 하려면 만남을 즐거워하는 마음이 선행되어야 하겠죠.

결국 행복은 혼자가 아닌 사람 사이에서 일어난다

직장에 적응하지 못하는 한 여성이 있었습니다. 그녀는 사회와 직장에서 쓴맛을 봤고, 어딘가로 도망치고 싶었습니다. 마침 그녀에게는 사모하는 수녀님이 한 분 있었죠. 마음이 너무 지쳤던 어느 날 그녀는 존경하는 수녀님을 따라 수녀가 되기로 마음을 먹습니다. 그러나 그녀가 경험한 수녀원은 직장과 다를 바가 없었습니다. 아무리 수녀원이라지만 사람과 사람이 만나는 공간이므로 사람 사이의 문제가 없을 수는 없는 법이니까요. 수녀의 일상에 실망한 그녀는 자포자기 심정이 되어 존경하는 수녀를 찾아갔습니다.

"여기도 사회랑 다를 게 없어요."

"사회에서 도피하기 위해 이곳에 왔다면 같은 문제로 고통스러울 수 있다."

"수녀라면 사회처럼 해서는 안 되잖아요?"

"여기 모인 사람들은 사회생활을 하지 않기 위해 이곳에 온 게 아니야. 사회성이나 도덕성보다 영성을 더 중시했기 때문에 이곳에 있는 거야. 사회성을 피하기 위해서 온 게 아니라 영성을 찾기 위해서, 영성을 고백하고 종교의 봉사자가 되기 위해서 이곳에 온 것이고, 여기가 사회와 다르다는 생각으로 온 사람은 너처럼 버티지 못해."

"저는 돌아가겠어요."

그녀는 자기 고집을 꺾지 않고 수녀원을 떠났습니다. 이후 소식은 전해지지 않습니다. 인적이 드문 어느 산골로 이사를 갔거나 무인도에 숨어 사는지도 모르겠습니다. 그녀에게는 사람 속에 산다는 일이 지옥과 같았을지 모릅니다.

●

행복과 불행이 어디에서 온 것인지
찬찬히 돌이켜 본다면
처음에는 분명 사람과 사람의 만남이 있습니다.

그 만남이 때로는 스치듯 지나는 인연으로 그칠 때도 있고, 때로는 길고 긴 인연의 끈이 될 때도 있죠. 혹은 악연이 되기도 하고 혹은 얼굴만 봐도 즐거운 관계가 되기도 합니다. 안타까운 일이지만 수녀원을 떠난 그 여성에게 이 사회는 사람이 너무 많다는 그 이유로 공해였을지 모릅니다. 불행도 행복도 모두 사람과의 사이에서 일어나는 바람입니다.

다행히 이 나이까지 주머니 사정도 허락하고 있고, 또 사람도 좋아하는 탓에 모임을 자주 만듭니다. 한중 수교 다음 해 중국으로 떠나서 25년 만에 귀국하는 친구가 있었습니다. 동창 모임에서 소식을 듣고는 자리를 마련하기로 했지요. 오랜 직장 생활 덕분에 자리를 어떻게 만들어야 하고, 몇 명을 초대해야 하고, 식순을 어떻게 이끌어야 하는지 대강 머릿속에 있었죠.

그리고 친구의 업적을 기리고 싶었습니다. 그는 불모지 중국으로 떠나서 엘리베이터 시장을 개척하는 데 큰 공적을 세웠습니다. 저는 아는 업체를 통해 기념패를 제작했죠. '존경하는 변재원 님으로' 시작하는 기념패에는 그가 25년의 청춘을 바치며 이룩한 성과를 기리고 그의 귀국을 환영하는 메시지를 담았습니다. 친구들이 부담 없이 참석했으면 하는 바람에 식비는 일주일 전에 계산을 마쳤습니다. 꽃다발을 증정하고, 싱싱한 재료로 만든 음식이 나옵니다. 그리고 친구들 사이에서 보기 드문 기념패 증정식이 이어집니다. 가벼운 식사 자리로 생각하고 참석했던 그 친구는 그날 늦게 카톡을 보내왔습니다.

"친구야, 오늘 모임 너무 뜻깊어서 잠이 오지 않네. 너의 아름다운 마음과 정성을 마음속 깊이 꼭 간직할게."

꼭 돈을 들인 모임이 아니어도 괜찮습니다. 삼겹살에 소주 한 잔 걸치는 가벼운 자리도 좋습니다. 얼굴 보는 게 좋으니까 자꾸 자리를 만듭니다. 꼭 술자리가 아니어도 됩니다. 차 한 잔 나누면 됩니다. 찻집에 갈 여유가 없으면 자판기 커피라도 마시면서 한두 마디 나눕니다. 시간이 허락한다면 늘 만납니다. 그들은 분명 제 얼굴에 피어나는 행복한 미소를 기억할 것이고 다시 시간을 내서 서로를 찾겠지요. 제가 소녀였다면 마치 짝사랑하는 사람을 만난 듯이 제 볼이 붉게 상기되었을지도 모를 일이죠.

저는 왜 이렇게 사람이 좋은 걸까요? 사람이니까 좋은 거겠죠. 그렇게 사람을 좋아하다 보니 하늘에서 행복이 내려옵니다. 사람을 만나는 일은 제게 행복을 맛보는 순간이 됩니다. 갈수록 '너무 많은 사람' 때문에 '너무 많은 자아' 때문에 스트레스가 커지고 있는 게 우리의 현실일지 모릅니다. 그럼에도 결국 행복이 혼자가 아니라 사람 사이에서 일어난다는 점은, 우리가 지금 어디로 가야 하는지 알려 주고 있습니다. 늦은 때라는 건 없죠. 지금 다시 사람들 속으로 걸어 들어가야 합니다. 그게 행복을 맛보는 길입니다.

Chapter 2

일상에 균열이 일어날 때

서리를 밟으니 얼음이 굳게 어는 때가 가깝구나.

• 주역 •

청하지 않은 손님

가을을 기다리는 여름 꽃이 있을까요. 꽃이 피기 전에는 마음을 졸이다가도 날이 차가워지면 질 때를 서글퍼하는 게 모든 생명체의 숙명이 아닐까 싶습니다.

10대 시절은 제 앞을 기다리는 게 무엇인지 모른 채 가난을 벗어나야 한다는 마음 하나로 학업에 매달렸습니다. 20대는 4년간의 대학 시절과 5년간의 군대 생활을 보내며 조용히 때를 기다렸으며, 30대에는 뒤처진 출발선을 따라잡기 위해 달리는 말에 채찍질을 가했습니다. 40대의 길목에서는 직장인이라는 계단에서 경영인의 언덕으로 자리를 옮기며 누구보다 멀리 숲을 바라보고 누구보다 분주히 숲속을 헤맸습니다. 제가 태어난 자리가 기름지고 풍요로운 곳이 아니라는 사실을 알게 된 후부터, 하루도 허투루 보내지 않으며 내일을 위해 살았습니다. 그렇게 숨이 차도록 뛰다 보니 50대 중턱에 이르렀습니다.

그 오십의 어느 날, 계단을 오르던 중 무릎에 파열음이 들렸습니다. 무릎이 왜 이럴까 잠시 주의를 기울이지만 일상은 여전히 저를 바짝 조입니다. 매일 오르내리는 계단에서 다리는 조금씩 자기 목소리를 높입니다. 마라톤과 테니스로 단련된 허벅지건만 어느 날부터는 엘리베이터가 없는 건물을 다니려면 저도 모르게 긴장하게 됩니다.

제 마음과 달리 이내 몸은 몇 해 전부터 가을을 감지하고 있었습니다. 고개를 젓는다고 오지 않을 시간도, 외면한다고 마주하지 않을 세월도 아니었습니다. 지금은 씨엔플러스라는 회사에서 일을 하고 있지만 사무실 밖으로 건너다보이는 거리는 30~40대에 보던 그 풍경이 아닙니다. 커피 정도면 만족하던 제가 중국 출장길에 지인이 보내온 우롱차를 마시고 있습니다. 구수한 향과 입안에서 돌돌돌 구르는 찻물의 움직임 그리고 짙은 무게감과 위와 장에 생기를 북돋는 그 따스함이 좋아지고, 아내가 매일 닦는 난의 떨림이 시선을 끕니다.

여전히 머릿속에는 이번 달 매출 목표와 신규 거래처 창출, 중국과 베트남 현지 공장의 현황판 숫자가 가득합니다. 출근 시간보다 2시간 일찍 회사에 도착해 금일 예정된 업무를 점검합니다. 기업을 경영하는 일은 10년 전이나 지금이나 크게 달라진 게 없습니다. 출퇴근을 위해 다니는 거리의 신호등마저 전날과 다름없이 파란 등 다음에 좌회전 신호를 보냅니다. 그러나 한여름 냉면집이 사라지고 따뜻한 국밥집이 수증기를 풀풀 풍기는가 싶더니 제 머리에 흰머리가 섞여 나고, 더러는 빗질을 하다가 머리카락이 툭툭 끊깁니다. 찬바람에 눈물샘이 고장 나서 주르르 눈물이 흐르고, 부끄러움은 퇴색하며 기억이 깜빡깜빡합니다. 축난 몸을 회복하는 데 걸리는 시간이 길게만 느껴집니다. 그와 동시에 자꾸만 제 눈은 푸르름을 찾고, 제 귀는 부드러움을 찾고, 제 입은 무미함을 찾습니다.

●

가을 손님이 찾아왔습니다.

그러고 보면 전부터

한 번씩 불던 바람이었습니다.
다만 그때는 너무 간헐적이라서
피부로 느끼지 못했는데
이제 옷깃을 여밀 만큼 자꾸,
가까이 다가왔습니다.
전부터 문 밖에서 오들오들 떨며 기다리고 있던
가을 손님에게 이제야 문을 열어 줍니다.

차가운 바깥 기운을 몰고 친구가 들어옵니다. 연배가 비슷한 지인들이 찾아옵니다. 누구는 자녀를 결혼시켜서 홀가분하다고 말하는데 그 웃음에 쓸쓸함이 깃들어 있습니다. 누구는 작년에 퇴직하고 집에서 쉬고 있다가 점심시간을 앞두고 불쑥 찾아왔는데 제가 바쁘니까 몇 마디 못 나누고 겸연쩍은 듯 자리를 털고 일어납니다. 누구는 거동이 불편하신 어머님을 살펴 드릴 손이 없어서 요양원에 모시기로 했다며 한숨을 내쉽니다.

부모님의 연세를 기억하라. 오래 사시는 것을 기뻐하되 때가 머지않음을 두려워하라.

– **공자, 『논어』 「리인」** 편

부모님 연세를 세다가 문득 자기 나이를 알게 되는 시절입니다. 그래도 아직은 기댈 언덕이 있을 때입니다만, 곧 찬바람이 불겠지요.

나무가 고요하고자 하나 바람이 그치지 않고 자식이 효도하고자 하나 부모가 기다려 주지 않는구나.

– **한영, 『한시외전』**

그저 부모님 이야기가 아닙니다. 자녀가 힘을 얻는 만큼 부모가 힘을 잃어 가는 게 순리이듯 부모님이 떠나면 이제 우리가 연장자가 됩니다.

언제 이렇게 나이가 들었을까 싶은데 가만 보니 태양은 잠시도 한자리에 머물러 있던 적이 없더군요.

변화의 조짐들

운동장에 한 무리의 아이들이 공을 차고 있습니다. 거친 숨을 내뱉으면서도 얼굴에는 신바람이 가시질 않습니다. 서툴고 어색한 몸짓이지만 공을 차는 발길에 에너지가 넘칩니다. “야, 여기!”, “패스해!”

간간히 고함도 터집니다. 가까이 다가서면 건강한 땀 냄새도 풍길 것 같습니다. 그러다 허공을 찢으며 호각 소리가 들립니다. 아이들은 얼음이 된 듯 그 자리에 멈춰 섭니다. 시선이 일제히 한 곳으로 쏠립니다. 시간이 종료되었음을 알리는 선생님의 신호입니다. 이제 놀이는 끝났습니다. 교실로 돌아갈 시간입니다.

세월을 돌이켜 보면 우리는 늘 ‘끝’을 경험했습니다. 따스한 여름 햇살과 작별을 고하고 차가운 가을로 넘어가는 경험을 되풀이합니다.

직장 생활을 하던 아내가 서른 초반의 나이에 위장병을 얻었습니다. 약을 타 먹으면서 하루하루 견디던 어느 날 아내는 길거리에 쓰러졌습니다. 의사가 큰 병은 아니라고 했으나 쉽사리 병마를 이겨 내지 못했습니다. 잘 먹지를 못하니 회복이 더뎠습니다. 첫 한 달의 투병 생활 동안 몸무게가 5킬로그램이나 빠졌습니다. 세 달이 지날 무렵에는 15킬로그램이 빠져서 산 사람이 아니었습니다. 뼈만 앙상한 아내를 보고 있노라면 가슴이 덜컥 내려앉았습니다. 아내는 2년 동안 처가와 시댁을 오가며 누워 지냈습니다.

누구나 달갑지 않은 손님이 찾아올 때가 있습니다. 그럼에도 불구하고 우리는 그 끝이 불행으로 이어지지 않을 때가 많음을 경험적으로 알고 있습니다. 교실로 들어간 아이들이 다시 그곳에서 새로운 즐거움을 발견하고 생기를 얻듯, 제 아내도 2년이라는 긴 시간을 견딘 끝에 자리를 털고 일어났습니다. 우리가 경험한 많은 일은 내려가는 게 있으면 올라오는 게 있었습니다. 그러나 어떤 일은 한 번 내리막을 타면 다시 올라오지 않더군요.

오십을 넘기면서 사람들의 관심사는 더 이상 먹고사는 일에 국한되지 않았습니다. 가깝게는 부부 간의 문제에서 자녀의 결혼식, 부모님의 상과 같이 삶의 토대에 근본적인 변화가 뒤따르는 사건들을 경험하기 시작했습니다. 20년 넘게 다니던 회사에서 물러나야 할 때가 되고, 끼고 살던 자녀를 독립시켜야 하며, 이제 좀 살 만해 자주 찾아뵙고 효도라도 해야겠다 싶은데 덜컥 부모님께서 세상을 떠납니다. 겪는 사건은 조금씩 다를 수 있지만 세월의 내리막길에 들어섰다는 사실은 변함이 없습니다. 어렸을 때는 나이란 '먹는 것'이어서 먹을수록 덩치도 커지고 머리도 굵어지지만 어느 때가 지나면 나이는 '드는 것'이 되어 무겁게 머리에 짊어지게 됩니다. 그건 '나이 듦'이 물릴 수도 없고, 되돌릴 수도 없는 사건이라는 뜻이겠지요.

10대에서 20대가 되는 건 아이에서 어른이 된다는 의미가 있습니다. 20대에서 30대가 되는 건 서툰 티를 벗고 성숙해진다는 의미가 있습니다. 30대에서 40대가 되는 건 사회의 중심축이 된다는 의미가 있습니다. 그런데 40대에서 50대로 넘어갈 때부터는 변화가 퇴락의 길처럼 느껴지기 시작합니다. 오십을 지나

육십을 바라보던 어느 친구의 깊은 한숨에 자리에 모인 사람들의 마음까지 덩달아 무거워집니다. 총기 넘치던 눈빛에 쓸쓸함과 체념이 엿보이던 날은 보는 저도 시선 둘 곳을 몰라 당황했습니다.

사실 돌아보면 세월은 자꾸만 우리에게 눈짓을 보내오고 있었습니다. 다만 그때는 지금처럼 돌이켜 볼 여유가 없었고 또 그 신호를 무시하고 싶었죠. 그러나 떨어지는 석양을 어떤 거인이 있어서 두 팔로 막아설 수 있을까요?

예전에 썼던 책 『성과를 내는 기술』을 들춰 보다가 한 이야기에서 눈길이 멎었습니다.

> 전 직장에서 과장으로 있을 때다. 하루는 직원 가운데 한 명이 자기 딸의 백일이라며 우리 과 직원들을 집으로 초대했다. 참석자는 저를 포함해서 총 6명. 이 가운데 미혼이던 직원이 한 명 있었는데 마침 약혼자를 데리고 왔다. 한참 담소가 이어질 무렵, 그 약혼자가 말문을 열었다.
> "왜 남자 친구를 일요일에도 출근시켜서 데이트도 못하게 하세요?"

약혼자에게서 질문을 받은 사람은 저였습니다. 그 자리에 모인 사람 중에 제가 제일 상사였기 때문입니다. 저는 그때 이렇게 답변을 했습니다.

"사업부장님이나 임원으로 재직하시는 모든 분이 오늘의 그 자리에 오르기까지, 물론 본인 스스로도 열심히 노력했겠지만, 가정에서도 그만큼 내조했기 때문에 가능한 일이었다고 생각합니다. 남자 친구가 직장에서 어떤 위치에 있건, 어떤 역할을 하건 그건 온전히 본인이 판단하고 본인이 결정할 문제입니다. 자신의 목표가 회사 임원이 되는 것이라면 그에 맞게 노력하면 그만인 것이지, 상사가 시킨다고 무작정 따르는 것은 아니라고 봅니다. 달리 말해, 제가 나오라고 시킨 적도 없지만 설령 그렇게 지시를 했더라도 일을 하고 안 하는 것은 본인이 선택할 일입니다."

듣기에 따라 냉정한 사회생활의 현실이 담겨 있기도 하고, 삶의 목표를 뚜렷이 하고 분발해야 한다는 메시지로 읽힐 수도 있습니다. 말은 교묘해 개인의 선택에 달려 있다고 말하고 있습니다만, 이 글을 다시 보던 그날의 저는 제 시선이 달라졌음을 깨닫게 되었습니다. 이제 더 이상 가족의 희생 속에서 한 사람의 임원이 탄생한다는 이야기는 꺼내지 못합니다. 대신 삶의 균형에 초점을 맞춰서 직장과 가정 양쪽을 어떻게 살필 것인가를 생각해 보겠죠.

●

봄이나 가을이나 새는
늘 같은 나뭇가지에 깃듭니다만
가을을 맞이한 나무 눈에는
매번 찾아오는 그 새가
전처럼 보일 리 없습니다.

어느 날 저는 저도 모르게 이렇게 말하는 자신을 발견했습니다.

"내가 언제까지 현업에서 뛸 수 있을까?"

그런 일들이 되풀이되던 어느 날부터는 한 번도 생각해 본 적이 없는 일들, 즉 다가오는 시간을 어떻게 살아야 하는지 생각하게 되더군요.

비로소 진짜 나를 찾을 시간

만일 우리가 몸에만 주목한다면 나이 듦은 쇠락하는 과정임에 틀림이 없습니다. 그런데 감정이라는 것에 주목한다면 나이 듦은 진짜 내가 되는 완성 과정이 될 수 있습니다. 우리가 감정에 주목해야 하는 이유죠.

'부정적 감정을 드러내지 말아야 한다.'

회사나 일상에서 우리는 이 원칙을 지키며 삽니다. 협상 테이블에서 기분이 상한다고 싫은 내색을 하고 있으면 일이 성사되기 힘듭니다. 컴플레인으로 거래처에 불려 가서 인상 쓰고 있으면 문제가 봉합되기는커녕 더 큰 화를 불러옵니다. 친구들과의 모임에서도 자기 기분 상한다고 자리를 박차고 일어나면 더는 친구들이 불러 주지 않습니다. 자녀와의 대화에서 내 뜻에 어긋난다고 다그치면 자녀는 마음의 문을 닫아 버립니다.

부정적 감정을 표출했다가 실패도 경험하고 쓴소리도 들으며, 우리는 사적인 감정을 감추고 사회적인 가면 속에서 살아가는 법을 배웁니다. 그러다 나이가 드니 조금씩 감정이 속살을 드러내기 시작합니다.

처음 이런 감정의 표출이 난감한 적도 있었습니다만, 그 의미를 알고 난 뒤로는 보다 자연스럽게 받아들이게 됩니다. 우리는 젊은 시절, 사회적 가면으로 불리는 페르소나를 쓰고 살았습니다.

●

처음부터 과장이고 부장인 사람은 없습니다.
처음부터 누구 엄마로 태어난 사람도 없습니다.
사회 속에서 내 역할에 따라
그에 맞는 옷을 입었을 뿐입니다.
그 옷에 맞는 언어와 표정, 몸짓을 익히고

그에 맞게 감정을 드러내는

방법을 배웠을 뿐입니다.

페르소나를 쓰고 살아가는 과정에서 우리의 본래 모습은 가면 뒤에 숨습니다. 너무 페르소나만을 위해 살다 보니 방치되고 숨겨진 나의 모습이 안간힘을 쓰며 가면 밖으로 탈출하려고 합니다. 한쪽으로 너무 치우쳐 균형을 잃고 쓰러져 가고 있다고 알려 옵니다. 만일 그게 감정 표출의 진짜 이유라면 나이가 들어 감정이 막을 뚫고 솟구치려는 것은 우리가 균형을 잃을지 모른다는 내부의 신호라고 받아들여야 합니다.

생존과 경쟁은 우리를 한쪽으로 치우쳐서 달리도록 만들었습니다. 우리를 다그치고 몰아붙이며 지금의 자리에 이르도록 했습니다. 남이 가격을 낮추면 우리는 속도전을 펼칩니다. 남이 속도전을 펼치면 우리는 질적 변화를 꾀합니다. 한 걸음 더 앞서기 위해서 우리는 불필요하다고 생각되는 것들, 예컨대 개인적 감정, 집안 사정, 취미 생활 따위를 버리고 달립니다. 그러다 오십의 나이에 기어이 불균형의 삶을 깨닫게 됩니다. 제 안에 숨어 있던 감정이 비명을 지릅니다.

제 친구들은 여전히 쉽사리 감정을 드러내지 않습니다. 그들은 아직도 감정 표출에 소극적입니다. 느끼는 감정을 그대로 드러내기보다는 다른 방식으로 표현합니다. 예컨대 모처럼 만든 자리에서 감정이 상했는지 다음 모임에 참석하지 않습니다. 왜 지난 모임에 나오지 않았느냐고 물으면 얼버무립니다. 물론 느끼는 모든 감정을 표출할 필요는 없습니다. 이보다는 이 감정이 어떤 의미인지 되짚어 보는 게 진짜 중요합니다. 왜 요즘 들어 짜증이 늘었을까? 왜 요즘 들어 싫은 게 많아졌을까? 그저 나이가 들어서 그런가 보다 하고 넘어가는 건 적절한 해결책이 아닙니다.

누구나 자기 나이보다 더 많은 나이를 살아 본 적이 없습니다. 시시각각 변하는 이 시간이 저를 어디로 이끌고 갈지 아무도 모릅니다. 저는 오십을 넘어 육십으로 접어드는 것이 제 인생에 있어서 어떤 의미인지 아직 그 해답을 찾지 못하고 있습니다. 아직 살아 본 적이 없는 나이이기 때문이죠.

일단은 제가 느끼는 감정의 종류가 다양했다는 사실부터 눈을 뜹니다. 짜증이나 분노와 같은 감정도 있지만 쓸쓸함이나 외로움, 낯섦, 어색함, 겁먹음과 같은 감정도 있습니다. 한편으로는 가벼움, 설렘, 신남과 같은 감정도 있습니다. 사람이 화라는 감정 한 가지만 느낄 수는 없는 법이고, 만일 화가 올라왔다면 기쁨도 함께 느낄 수 있다는 말입니다.

『중용』에 '시중時中'이란 단어가 나옵니다. 때에 적중했다는 뜻으로 그 상황에 맞게 감정이 표출된 경우를 말합니다. 상갓집에 가면 슬퍼하고 친구를 만나면 기뻐하는 것이 '시중'이라는 이야기죠. 그렇게 본다면 사람에게는 희로애락애오욕喜怒哀樂愛惡欲이라는 칠정七情과 인의예지仁義禮智의 바탕이 되는 네 가지 감정, 즉 측은지심, 수오지심, 사양지심, 시비지심의 사단四端이 있어 상황에 맞게 그 감정이 마음을 채웁니다. 내게 감정이 있다는 것은 마치 내 마음이 찰흙과 같아서 상황에 맞게 빚어낼 수 있으며, 빚어내는 모습은 그때그때 달라진다는 뜻입니다.

그러나 우리는 지금껏 사회적으로 학습된 한두 가지 감정의 모양만 부단히 발달시키며 살아왔습니다. 드러내도 괜찮다고 용인된 감정이나 내 실제 감정과 무관한 가짜 감정들이 그것이죠. 그런데 나이 듦과 함께 익숙지 않던 감정이 찾아왔습니다. '요즘 눈물이 많아진 게 나이가 들어서인가 보다' 하고 넘어갈 문제가 아닙니다. 지금까지 내 감정이 아닌 사회적 감정 안에서 살아오며 불일치된 삶을 살아온 나에게 비로소 진짜 나를 찾을 시간이 성큼 다가온 것입니다. 예전에는 의식하지 못했던 감정이 찾아왔다는 말은, 내가 현재 불균형에 빠져 있다는 뜻이자 동시에 이제 성과나 성취가 아니라 성숙에 관심을 기울이라는 신호입니다. 성숙은 세상이 달라 보인다는 말이고, 특히 과거를 바라보는 관점이 달라졌다는 뜻입니다.

아련함 속으로

단순히 날이 추워졌다고 계절이 바뀌는 건 아닙니다. 살갗에 닿는 공기의 차가움과 사람들의 두꺼워진 옷차림, 햇볕의 여려짐, 나뭇잎의 물듦처럼 여러 정보를 접하며 우리는 변화가 무르익음을 알게 됩니다. 나이 듦도 그와 같아서 하나의 계기로 찾아오는 게 아닙니다. 시작은 무릎 통증이었을지 모르지만 먹는 것, 보는 것, 느끼는 것, 생각하는 것 하나하나가 번갈아 찾아오며 제게 신호를 보냅니다. 그런 끝에 눈을 뜨게 되죠. 나아가 더 이상 거부할 수 없는 결정적 계기도 맞이하기 마련입니다. 서리가 내렸다면 이제 겨울이 머지않음을 알 듯이 말이죠.

제게는 그런 계기가 『농담濃淡과 여백餘白』이라는 1,200페이지가 넘는 한 권의 책이었습니다. 제목 '농담과 여백'은 수묵화에서 쓰는 표현입니다. 붓에 먹물을 먹여 짙고 옅음을 표현하는 게 농담입니다. 가까이 있는 것은 농으로, 멀리 있는 것은 담으로 표현하는 방식을 '농담'이라고 부릅니다. 한편 여백은 도화지 전체를 다 칠하는 서양화에서는 찾아볼 수 없는, 동양화만의 독특한 개념입니다. 아무것도 그리지 않고 남겨 둔 종이가 아니라 할 말이 있으나 생략한 어떤 말을 의미합니다. 영어로 치면 사이먼 앤 가펑클의 〈Sound of silence〉 정도일까요?

●

어떤 침묵은 말없음이 아니라
침묵을 통한 말하기일 때가 있습니다.
2011년 1월 미국 총격 사건
희생자를 위한 추모 연설에서
오마바 대통령이 51초 동안 침묵을 지키며
메시지를 전달했던 것처럼
경우에 따라서 여백은

농담보다 더 짙은 파토스를

드러낼 때가 있습니다.

마치 지난날 어느 시인이 철길을 달려 북한을 방문하는 중에 자기 고향 마을이 가까워지자 아무 말도 못한 채 "아!" 하고 감탄사를 토한 것처럼 말이죠.

이 책 『농담과 여백』은 졸업한 저의 고등학교 선배 346명 중 288명이 참여한, 졸업 40주년을 기념해 제작한 회고록입니다. 학창 시절을 추억하고 지금까지 걸어온 삶의 이야기를 담고 있습니다. 그리고 '여백'이라는 제목이 암시하듯 그들의 글에는 많은 부분이 비어 있습니다. 기념집에 담기에는 민망한 내용도 있었을 것이고, 너무 구구해서 말이 길어질까 생략한 내용도 있었겠지만 개인적인 느낌으로 본다면 그건 애틋함 때문인 것 같습니다.

추억을 회상하는 시점이나 방식은 과거의 경험을 대하는 태도에 영향을 끼치는 것 같습니다. 예컨대 검찰에 불려간 사람은 지난 사건을 묻는 조사관의 질문에 조심스런 입장을 취하기 마련입니다. 자칫 입을 잘못 놀리면 나에게 어떤 불이익이 돌아올 지 모르기 때문에 방어적인 자세를 취합니다. 반면 40주년 기념집과 같이 예순의 나이에 고등학교 1학년 시절을 떠올리는 것은 고향집 수묵화를 보는 듯한 애틋함이 수반됩니다. 아무것도 모르는 중학교 3학년 아이가 고향을 떠나 낯선 학교에서 기숙사 생활을 시작하는 모습을 보고 있노라면 안타까운 마음이 들기 마련입니다. 선배들의 이야기를 들으며 반추하는 시간이 딱 이랬습니다. 그들의 이야기를 따라 저 역시 40년 전의 어린 저를 회상합니다. 물론 여기에는 시간을 되돌릴 수 없다는 체념과 시간이 너무 흘러서 생기는 아련함이 더해집니다. 그 아련함을 따라가면 바로 얼마 전의 일들처럼 그 시절이 떠오르곤 합니다.

아, 금오!

금오공고는 2018년 오늘도 공단동 111번지에서 역사를 이어가고 있습니다만, 초기의 금오공고와 지금의 금오공고 사이에는 적잖은 차이가 있습니다. 1973년 개교 당시 금오공고는 국가적 관심사였습니다.

1960년대 후반 한반도를 둘러싼 국제 정세는 긴박하게 돌아가고 있었습니다. 북한의 군사력은 남한을 압도하고 있었고, 한국은 미국에 의존하고 있었습니다. 그러다 1969년 닉슨 독트린이 발표됩니다. 미국 대통령 닉슨이 발표한 아시아 외교정책으로, 미국은 더 이상 아시아에 대한 직접적 군사개입을 하지 않겠다는 내용을 담고 있습니다. 우리나라 이야기로 좁혀서 그 발표문을 해석하자면 '북한의 위협에 대해 알아서 살아남으라'는 주문이었습니다. 갑작스런 외교정책의 변화로 박정희 대통령은 코너에 몰리게 됩니다. 북한이 수시로 남한을 공격하며 대립각을 세우던 시절이었습니다. 한편 우리나라의 경제는 경공업을 중심으로 형성되어 있었는데 더 이상 경공업만으로는 국가 경제 발전을 꾀할 수 없다는 인식이 널리 퍼지고 있었죠.

정부는 이 두 가지 문제 해결을 위해 중화학공업 육성책을 마련하기에 이르렀는데 문제는 중공업 관련 기술자가 너무 부족했습니다. 이미 공고나 공대가 있었지만 경제적 활로를 찾고 북한에 대응하기 위한 무기 생산을 위해서는 새로운 투자가 필요했습니다. 박정희 대통령은 일본의 원조를 받아서 최신 설비를 마련해 금오공고를 설립하고 이를 통해 중공업과 무기 생산 및 관리에 필요한 인력을 양성하기로 결정합니다. 금오공고 교정에 적혀 있던 대로 이 학교 설립에는 '조국 근대화의 초석'이라는 정부의 기대가 숨어 있었죠.

그러나 세간의 관심은 국가와 시각 차이가 있었습니다. 일반인들은 당시의 국제 정세보다는 '동양 최대 공고'라는 홍보 타이틀이나 대통령의 관심사라는 설명 나아가 학비 지원, 기숙사 생활 지원이라는 대우에 더 큰 관심을 기울였습니다. 학교에서 먹여 주고 재워 주니까 전국의 가난한 학생들에게는 더 없는 기회였습니다. 당시는 고교 평준화 이전으로 시험을 쳐서 성적에 따라 고등학교를 진학하던 시절이었습니다. 금오공고도 시험을 치르긴 했으나 조금 달랐습니다. 먼저 학교장의 추천을 받아야 했으며, 중학교 성적이 상위 5% 내에 속해야 했습니다. 또한 지능지수와 적성 등의 검사를 받아야 했습니다. 설립 초창기에는 전국 각 중학교에서 1명만 추천이 가능했는데 대개는 고등학교에 진학할 만한 여건이 안 되는 우등생들이 우선권을 갖게 되었습니다.

모집 첫해였던 1973년 금오공고에 합격한 학생들은 중학교 수석 졸업생이 40%를 넘었을 정도로 전국의 수재가 모인 집단이었죠. 그 시절은 국가적으로 참 어수선하던 때이기도 했습니다. 1974년 개교 2주년이던 해 그러니까 금오 2기인 제가 입학하던 그해에 육영수 여사가 총탄에 사망했으며, 2년 뒤인 1976년 8월에는 판문점 도끼 만행 사건이 벌어졌습니다. 그 시간에 우리는 학교 실습실과 교실, 운동장을 분주히 오갔습니다.

최신 설비를 만지며 기술을 익혔고, 최소한의 고등학교 교육을 받았고, 일반 고등학교의 교련 시간과는 차원이 다른 군대식 훈련을 받기 위해 자기 키보다 더 큰 M1 소총을 들고 경북 구미시 공단동의 검푸른 하늘을 바라보곤 했습니다.

●

그때 하늘은 물을 부으면
하얗게 떠오르던 쌀벌레들처럼
미래에 대한 불안감으로 가득하곤 했습니다.

일찍 발사된 총알

2015년 7월 금오공고 1기 선배들은 비공식적으로 모인 자리에서 기념집 발간 사업을 발의하고 이듬해 4월에 『농담과 여백』을 출간합니다. 기념집은 수소문이 가능한 1기 졸업생 288명에게 설문지를 돌려서 그에 대한 답변을 듣고 자유로운 주제로 글을 쓰는 방식으로 원고를 취합했습니다. 설문지는 총 4종류 33가지 질문으로 구성되었는데 첫 번째 주제는 재학 시절이었고, 두 번째 주제는 군복무 시절이었습니다. 서너 번째는 각각 사회생활, 나의 가족 나의 인생이었습니다. 이 순서는 금오공고 입학부터 군 생활 5년 그리고 이후의 사회생활과 가족을 이루면서 살아온 시간을 순서대로 배치한 것으로 보입니다.

우리 2기를 비롯한 금오공고 출신들에게 가장 공감대가 큰 부분은 첫 번째와 두 번째 주제였습니다. 실제로 고등학교 동기 모임이나 동문 모임에 가면 늘 화제에 오르는 게 재학 시절과 군대 시절 이야기였죠. 그때나 지금이나 금오공고 출신 사이의 끈끈함을 이해하지 못하는 분들을 종종 만납니다. 학교를 중도 하차하지 않는 이상 우리는 재학 시절 3년 내내 기숙사에서 12명이 함께 생활하고, 삼삼오오 묶여서 군대 5년도 같이 지냈습니다. 아직은 엄마 품이 그리운 17살의 어린 나이부터 어설프게 어른 흉내를 내던 25살이 될 때까지 8년간을 붙어살았으니 온갖 정이 들 수밖에 없었습니다. 무엇보다 우리는 묘한 동질감을 느끼고 있었습니다. 수재가 모인 집단이라는 자부심과 무엇보다 금오에 모인 가장 큰 이유 가운데 하나였던 가난을 공유하고 있었습니다. 선배들의 추억도 다르지 않았습니다.

1973년, 군사훈련의 일환인 하계 훈련을 마친 금오공고 1학년생들에게 500원의 훈련 수당이 주어졌습니다. 한 선배는 이 돈을 손에 꼭 쥐고 있다가 '아버지 전상서'라고 시작하는 편지에 동봉해 고향에 부쳤습니다. 아버지가 편지를 받고 펑펑 우셨다고 선배는 책에 적었습니다.

당시 우리는 아무리 먹어도 돌아서면 배가 고팠습니다. 어느 선배는 간식으로 나오는 빵을 방학 1주일 전부터 모으기 시작했습니다. 당장이라도 뜯어서 먹고 싶었겠지만 고향에서 기다리는 어린 동생이 눈에 밟혀서 차곡차곡 모았던 것인데 정작 방학 전날 짐을 싸다가 모조리 곰팡이가 핀 것을 발견하고 망연자실하기도 했습니다.

빵에 대한 에피소드는 또 있습니다. 방과 후에 학교 급식 빵이 통째로 사라지는 사건이 발생합니다. 범인은 배급 당번이었던 두 동기로, 숙소로 향하던 발길을 돌려 학교 동산으로 도망쳐서 실컷 빵을 먹다가 지쳐서 자수했다고, 어느 선배가 증언했습니다.

유독 금오공고 학생들만 걸신이 들린 건 아니었을 겁니다. 그리고 초창기 금오 출신들이 입을 모으듯 학교에서 제공된 음식은 다 먹을 만했습니다. 고향집에서는 구경하기 힘든 반찬도 많았고, 심지어 매 끼니 반찬이 달랐습니다. 그럼에도 고픈 배를 더 참을 수 없었던 건 군대처럼 꽉 짜인 일과와 따뜻하게 보듬어 줄 가족이 없었기 때문이었겠지요. 아무리 가난해도 입에 풀칠만 할 수 있다면 집보다 좋은 게 없는 나이였으니 말입니다.

여느 가난한 집 장남들이 부친의 한숨 소리에 철이 들 듯 우리는 고향집의 부모님을 생각하며, 낮에는 기술을 익히고 소등 시간 이후에는 화장실이나 이불 속에서 플래시를 비추며 공부했습니다. 우리는 여러 가지 의미에서 절박했습니다. 개중에는 기술자에 대한 동경을 품고 열심히 공부하며 훗날 해당 분야에서 최고의 반열에 오르는 사람도 있습니다만 많은 학생이 이곳이 아니면 농사를 짓거나 싸구려 인력이 되어 사회로 나가야 할 몸이었습니다. 입학 전 신체검사 당시 중이염이 발견되자 군의관을 찾아가 "여기서 떨어지면 갈 데가 없다"며 읍소했던 경험을 이야기하는 분도 있습니다. 금오공고는 발가벗고 들어가도 생활이 가능했을 만큼 의식주 모두를 해결해 줬습니다. 심지어 공책과 교과서, 필기도구 그리고 실과 바늘도 배급되었지요. 선택의 여지가 없었다는 사실, 유일한 기회라는 심정 때문은 대다수는 금오공고라는 동아줄을 꼭 쥐었습니다.

반면 우리를 불안케 만드는 요인도 존재했습니다. 동문 선배는 같은 학교 출신들의 미래를 가늠하는 지표가 됩니다. 그런데 신생 학교다 보니 사회에 선배가 없었습니다. 과연 이 학교를 나오면 우리는 어떤 길을 걷게 될까? 미래가 잘 그려지지 않았죠. 나중에 군대가 더 쉽게 느껴질 만큼 규율이 엄격했던 학교 생활도 어려움을 증폭시킨 한 가지 이유였고, 고등학교를 졸업하면 극소수의 학생을 제외하고는 무조건 군대에서 5년간 하사관으로 복무해야 한다는 것도 정신적으로 견디기 힘든 조건이었죠.

이 때문에 학교를 도망칠까 고민하던 친구들도 있었습니다. 그러나 철조망을 넘었다가도 다시 돌아오는 경우가 많았습니다. 이유는 대개 비슷했습니다. 고향에 계신 부모님께서 실망하지 않으실까 하는 염려 때문이었죠. 어린 우리가 어른처럼 행동할 수 있었던 것은 달리 갈 곳이 없다는 생각과 부모님께 걱정 끼치고 싶지 않다는 생각 때문이었습니다.

●

이 두 가지 생각이
우리를 일찍 철들게 만들었습니다.
아직 총 잡는 법도 모르는 사람이
격발하며 총구를 튀어 나간,
일찍 발사된 총알들.
그게 그 시대를 살았던 우리의 모습이었습니다.

인심 나는 모든 곳이 곳간이다

만일 당신이 학창 시절 내내 수재 소리를 들으며 자랐다고 가정해 봅시다. 한 번도 1등 자리를 놓친 적이 없을 뿐 아니라 학교 선생님들의 기대를 한 몸에 받았다고 해 봅시다. 그런 당신이 금오공고에 입학해서 시험을 치렀는데 등수가 중간밖에 못 갑니다. 난다 긴다 하며 공부했는데 자기보다 잘하는 친구가 더 많습니다. 뛰어난 친구들과 함께하니 내세울 게 없습니다.

동시에 경쟁심도 충만합니다. 적당히 해서는 중간도 못 갑니다. 차이를 만들 수 있는 방법은 잠을 줄이는 수밖에 없습니다. 밤 10시가 되면 마치 군대처럼 기숙사는 소등됩니다. 몇몇은 화장실로 달려갑니다. 변비가 아니라 책과 씨름하느라 나오질 않습니다. 몇몇은 젊은 혈기에 달 밝은 옥상으로 올라갑니다. 형설지공이 따로 없습니다. 가장 인기를 끌었던 방법은 건전지와 플래시를 들고 모포 속으로 숨는 것이었습니다. 빛이 샐까 조심하면서 엎드린 채 책을 들여다봅니다. 플래시를 손에 들었다 입에 물었다 옆자리에 고정시켰다 하면서 부족한 공부를 만회합니다. 학교 안에서 우리는 발전적 경쟁 관계, 우호적 경쟁 관계를 맺으며 서로를 자극하고 북돋았습니다.

그런데 학교 밖으로 나오면 우리는 마치 루저가 된 듯한 기분에 빠지곤 했습니다. 3학년 졸업 후 우리는 정책에 따라 공군, 해군, 육군 하사관으로 5년간 의무 복무를 마쳐야 했습니다. 그사이 중학교 친구 소식이 들립니다. 나보다 공부를 못했던 어느 친구는 인문계 고등학교를 나와 서울대에 입학했다고 합니다. 더 공부하고 싶고, 더 나아가고 싶은 청춘들이었는데 잠시 길이 옆으로 샌 것 같은 느낌입니다. 그들 눈에 세상은 더 현명하고 더 빠르게 돌아가고 있었습니다. 그걸 순전히 가난 탓으로, 금오공고라는 학교 탓으로 돌릴 수는 없겠지만 그래도 허탈감이 사라지는 건 아닙니다.

물론 모든 금오공고 학생들이 자괴감에 빠진 건 아닙니다. 대

부분은 건강한 신체만큼이나 건전한 정신을 갖고 있었고, 국가의 지원책에 감사하는 마음을 가지고 있었습니다. 그러나 아무리 정신이 올곧은 사람도 중학교 동창이 명문 대학에 진학했다는 소식을 100% 축하하는 마음으로 받아들이기는 힘들었겠지요. 훌훌 털어 버릴 수는 있었겠지만 3년간의 공고 시절이 다소 허무하게 느껴질 수도 있는 상황이었습니다.

이런 상황을 금오공고 선생님들 중 몇몇 분은 잘 알고 있었습니다. 금오공고의 특수성을 감안하더라도 왜 음악이나 미술을 가르치지 않는지 당혹스러워하는 분들이 계셨고, 이 뛰어난 아이들이 무조건 기술자가 되는 게 불합리하다고 생각하셨던 분들도 계셨습니다. 그들은 자기 수업 시간에 짬을 내서 학생들에게 〈돌아오라 소렌토로〉를 가르치시기도 했고, 우리에게 꿈을 심어 주는 말씀도 들려주실 만큼 교육의 불균형성에 대해서 불편한 감정을 느끼고 있었던 것 같습니다.

그 시절 독특한 방식으로 자기 운명을 짊어진 우리에게 선생님들은 어른들의 세상과 우리를 연결해 주는 하나의 끈이었습니다. 선생님들은 엄격한 규율과 몽둥이로 우리가 해야 할 직분과 현실을 알려 주기도 했으나 때로는 규칙을 무시하고, 예외와 관용과 따스함과 격려로 우리가 하루하루 버티도록 도와주셨습니다. 우리는 선생님들을 통해 세상을 미리 맛보고, 예방주사를 맞고, 힘을 얻으며 우리에게 부여된 짐을 지고 걸었습니다.

그런 공간에서 우리는 서로에게 의지하며 살아가는 법을 배웠습니다. 워낙 출신도 다양해 서울부터 제주도까지 전국 각지의 학생들이 모여 있다 보니 어느 틈에는 사투리도 희석됩니다. 어느 친구는 고향 가면 전라도 말 쓴다고 한소리 듣고, 학교 오면 경상도 말 쓴다고 놀림을 받습니다. 경상도와 전라도가 만나고 강원도와 충청도가 어깨동무합니다. 나중에는 '금오 사투리'라는 새로운 언어가 탄생합니다. 사회에 나가서는 뭐가 경상도 사투리고, 전라도 사투리인지 헷갈리는 사태까지 경험합니다.

라면땅이나 뽀빠이는 당시 비공식적 먹거리 1~2위를 다투던 과자였습니다. 저녁 먹은 지 불과 1시간도 지나지 않아 우리는 돈을 걷어 뽀빠이와 라면땅을 사다 먹었는데 돈이라곤 집에 돌아갈 차비밖에 없던 친구들은 이 시간 책을 보는 척하며 군침을 삼키기도 했죠. 어디 혼자 숨을 곳 없이 모든 일상이 벌거벗겨진 공간에서 3년을 같이 생활하다 보니 우리는 더 이상 서로에 대해서 감출 게 없었습니다.

●

한창 치열하고 불안하던 시절,
우리는 서로 못 볼 꼴을 너무 많이 보고,
너무 많이 알게 되었습니다.
어쩌면 부모님에게 받아야 할 애정을
친구 사이에서 찾으며
미운 정 고운 정 다 들었던 게
아닐까 싶기도 합니다.

우리는 한 공간에서 자고 먹으며 '곳간에 인심 난다'는 소박한 속담의 진짜 의미를 배웠습니다. 곳간이라고 하면 부자를 떠올리지만 이 속담의 곳간은 주머니가 텅 비어도 나누려는 마음을 의미했죠. 속정이 깊은 선생님들의 배려가 있었고, 콩 한쪽도 나누려는 친구들이 있었습니다. 그런 점에서 보면 곳간에 인심 나는 게 아니라 인심 나는 모든 곳이 곳간이었던 셈입니다. 5년간의 군 생활 전역 후 대학교 학비가 없어서 고학을 하던 어느 금오 출신은 같은 과 동기가 매일 싸 온 2개의 도시락을 나눠 먹으며 어렵게 졸업장을 받게 됩니다. 그는 직장에 들어간 뒤 남을 돕는 게 얼마나 힘든 일인지 배웠다고 고백합니다.

대다수의 금오공고 출신들은 군대를 전역하고 대학에 진학해 사회로 들어섭니다. 대개 고향의 지원을 기대할 수 없는 상황이었기 때문에 셋방살이로 사회생활을 시작했는데 그때는 결혼도 일찍 하던 시절이라 없는 살림에 신혼을 맞이합니다. 그렇게 원했든 원하지 않았든 흐름에 실려 20대에서 30대의 관문으로 넘어갔던 것이지요.

가장 잘한 선택이자 가장 실수한 선택

우리는 각자의 길을 걸어 삼사십 대를 살아내고, 오십, 육십의 나이에 이르렀습니다. 금오인들은 현재 전국 방방곡곡 때로는 세계 곳곳에 또 사회 각계각층에서 나름 자리를 잡고 살아가고 있습니다. 여전히 현재가 불만족인 사람도 있을 것이요, 더 이뤄야 할 일이 있는 사람도 있을 것입니다. 더 달릴 체력이 있는 사람도 있을 것이요, 이제는 인생 이모작에 관심을 가진 사람도 있을 것입니다. 그들은 30년 넘는 기간 동안 민들레 홀씨처럼 훌훌 날아 사회 곳곳에서 뿌리를 내리고 각자의 모습으로 살아가고 있습니다. 그런 그들에게 『농담과 여백』의 설문지는 재미 반 진지함 반의 질문을 던집니다.

"다시 중 3으로 돌아간다면?"

질문의 숨은 의미는 이렇습니다.

"중학교 3학년이 된다면 또다시 금오공고에 지원하겠는가?"

무상교육 혜택이라는 거부할 수 없는 장점을 빼면 당시 금오공고는 한계가 있는 것도 사실입니다. 이 질문에 대해 '당시 가정 형편 등을 따져 보면 그래도 금오였을 것이다'라는 답변이 가장 많았습니다.

"라면땅은 먹기 시합할 정도로 인기 있는 과자. 그러나 여러 종류의 과자를 섞어 놓으면 최후까지 남아 있던 과자 역시 라면땅."

누군가 이야기한 것처럼 선택지가 한정될 때는 최고의 인기를 누리지만 선택지가 넓어지면 최후까지 남을 과자가 어쩌면 라면땅일지도 모릅니다.

사실 중 3 시절과 모든 게 똑같다는 전제 아래 그 시절로 돌아가면 다른 선택을 하기란 불가능합니다. 그러나 이 질문은 '지금 인식을 그대로 가진 채 중 3으로 돌아간다면?'을 의미합니다.

우리는 이런 종류의 질문을 종종 접합니다. 부부가 등장한 TV에서는 "다음 생에도 지금 아내 혹은 남편와 결혼할 것인가?"

하고 묻습니다. 이 남자 혹은 여자가 어떤 사람인지 알고 있는 상태에서도 상대와 결혼할 것인가를 묻는 질문입니다. 이런 질문에 대해서 생각보다 많은 여성들은 "다른 남자와 결혼하겠다"고 답변했던 것으로 저는 기억합니다. 대개는 남편과의 결혼 생활이 너무 힘들었거나 뜻하는 대로 풀리지 않았거나 혹은 이 남자와 살아 봤으니 다른 남자와도 살아 보겠다는 이유였습니다. 반면 남자들은 지금의 아내와 다시 결혼하겠다는 정반대의 답변이 많죠. 남편들은 당장 아내와 집에 돌아갈 일이 걱정이기 때문에 달리 답변할 수 없는 일이죠. 아무튼 이런 흥미 중심의 질문과 별개로, 우리 역시 후회하거나 잘했다고 생각하는 과거의 선택이 있으며, 그게 가끔씩 떠올라 마음을 괴롭히거나 흐뭇하게 만들곤 하죠.

저는 『농담과 여백』을 읽으면서 이 질문에 대한 멋있는 답변을 만났습니다.

"금오공고에 온 것은 가장 잘한 선택이자 가장 실수한 선택이었다."

가장 잘한 선택인 동시에 가장 실수한 선택, 이 말은 모순입니다. 만일 이 말을 모순 없이 이해하려면 이 말을 두 가지 이상의 측면으로 분리하거나 시간을 떼어 내서 생각해야 합니다. 예컨대 중 3 시절로 본다면 금오는 가장 잘한 선택이고, 지금 보면 금오는 가장 실수한 선택이라고 해석할 수 있습니다. 반대로 그때는 아무것도 모르고 한 선택이니 가장 실수한 선택이지만 지금 보면 그때 겪은 우여곡절 덕분에 더 열심히 살았으니 가장 잘한 선택이 될 수 있습니다. 나아가 직업적으로 보면 잘한 선택이지만 가족에 대한 미안함 측면에서 보면 실수한 선택일 수 있습니다.

여기서는 이 말을 모순 없이 이해하려는 시도 자체가 난센스일 것 같습니다. 왜냐하면 이건 모순 자체를 보여 주기 위한 답변일 때 가장 멋있게 해석되기 때문입니다.

모순이란 세상에 존재할 수 없다는 게 우리가 배우고 익혀 온 명제입니다만, 살다 보니 우리는 모순이란 게 얼마든지 존재할 수 있음을 깨닫게 됩니다. 이게 어떻게 가능한가 하면 삶을 받아들이는 태도에 변화가 생겼기 때문이죠. 예컨대 싫은 건 하지 말아야 하거나 피해야 합니다. 만일 어쩔 수 없이 해야 할 때는 여러 방편을 씁니다.

'억지로라도 힘을 내서 한다.'

'조금만 참으면 큰 보상이 온다는 것을 알고 한다.'

'지금은 힘들지라도 나중에는 보람이 있으리라고 믿으며 한다.'

그런데 '싫은 일, 좋은 일'에 대한 근본적인 태도의 변화가 생긴 사람이라면 어떨까요? 정말 맛있어서 매일 먹으라면 먹겠다 싶은 음식도 며칠 먹다 보면 물리고 맙니다. 반대로 정말 하기 싫어서 피하고 싶던 일도 하다 보니 재미를 발견하는 경우도 있습니다.

〈피터 팬〉의 작가 제임스 배리는 이런 말을 남기기도 했죠.

"행복의 비결은 좋아하는 일을 하는 게 아니라 하는 일을 좋아하는 데 있다."

만일 우리가 여기에 이르면 나에게 일어나는 모든 일을 '좋다, 싫다'의 차원을 벗어나서 마주하게 됩니다. 마주한 그 일이, 나에게 닥친 그 일이 약간은 좋아 보이기도 합니다. 혹은 싫어 보이기도 합니다. 그러나 그 일을 택하는 데 있어 아무런 영향을 끼치지 않습니다. 그 일을 맡아서 하는 도중에 즐거움을 발견할 수 있기 때문이죠. '그 일'이 아니라 그 일을 '하는 데'에 방점이 찍힙니다.

"금오공고에 온 것은 가장 잘한 선택이자 가장 실수한 선택이었다."

사실 이 말은 아무런 의미를 담고 있지 않습니다. "그래서 잘했다는 거야, 못했다는 거야?"라고 한 가지를 고르도록 종용하는 질문에는 입이 열 개여도 대답이 궁합니다. 대신 이 답변은 '잘했다, 못했다'를 벗어나 다른 차원으로 이동합니다. 그 차원에서는 '싫다, 좋다'는 없고 대신 내 앞에 주어진 것만 있습니다.

길을 가던 우리는 사거리를 만납니다. 직진 또는 좌회전 혹은 우회전을 할 수 있고, 때에 따라 유턴을 할 수도 있습니다. 우리에게는 네 가지 선택지가 있습니다. 심지어 나는 어떤 길도 선택하지 않을 거야 하고 그 자리에서 멈출 수도 있습니다. 그래서 우리는 매번 최선의 길을 따져 하나의 길을 선택하겠지만 우리가 내다볼 수 있는 미래란 겨우 몇 년이거나 몇 달 혹은 몇 시간, 심지어 몇 초에 불과할 때도 있습니다. 선택 당시에는 최선이라고 믿었던 것이 과정적으로, 결과적으로 최악이 되는 일은 흔합니다. '지금 보니 최악이다, 그러면 과거로 돌아가서 다른 선택을 하면 최선으로 바뀔까?' 그것도 불투명합니다. 가 보지 않은 많은 길이 있었지만 그 길이 우리를 행복으로 인도해 준다는 보장은 없습니다.

다시 제임스 배리의 행복론으로 돌아옵니다.

"행복의 비결은 좋아하는 일을 하는 게 아니라 하는 일을 좋아하는 데 있다."

이 말은 이렇게 바뀝니다.

'내가 뭔가를 선택할 수는 있겠지만 그게 최선인지 최악인지는, 선택 당시에도 모르고 선택 이후에도 모른다. 선택에 대한 판단은 늘 잠정적일 수밖에 없다. 때로 내가 선택한 것은 좋은 것일 수도 있고, 때로 싫은 것일 수도 있다. 무엇을 택하든 간에 내가 뭔가를 택했다는 그 사실 자체는 변하지 않는다. 나는 좋다 싫다가 아닌 뭔가를 택했다는 그 선택 자체를 받아들인다. 무엇을 골랐든 고른 그것을, 내게 주어진 것을 받아들인다. 택해서 태어난 게 아니듯이 모든 일은 주어지므로 행한다. 그러므로 세상 모든 일은 가장 좋은 선택인 동시에 가장 실수한 선택이다.'

그렇게 모순에 눈을 뜹니다. 왜 답변이 이럴 수밖에 없는지 이해합니다. 정신이 무르익습니다. 성숙한 정신에게 좋아 보이는 것, 나빠 보이는 것은 별 차이가 없습니다. 그보다는 좋아 보이는 것을 어떻게 진짜로 좋게 만들 것인가 고민하고, 나빠 보이는 것을 어떻게 좋아지게 만들 것인가를 고민하면서 제임스 배리의 말처럼 모든 걸 '행복'으로 탈바꿈시키는 일에 관심을 기울입니다.

여러 날에 걸쳐 선배들의 길고 긴 이야기를 들으면서 저는 나이 듦이 쇠락의 과정이 아님을 경험합니다. 과거를 바라보는 그들의 시선에서 보다 완성된 형태로 삶을 이해하고 받아들이는 화해의 시선을 읽습니다. 『농담과 여백』에서 그들은 아픔은 짙게 표현하고, 애틋함은 옅게 표현하며 농담을 구현했습니다. 『농담과 여백』에서 그들은 하얀 종이의 많은 부분을 그대로 남겨 두며 그들의 무르익음을 드러냅니다. 어떤 말로도 내 생각을 표현할 수 없는 지경에 이릅니다.

●

모순을 이해하고 받아들이는
그 시선으로 주변을 바라봅니다.
여전히 무릎은 고통을 호소합니다만
창밖으로 보이는 풍경은 달라집니다.
지금의 저를 둘러싼 일들이
예전보다 가벼워지고,
예전보다 단순해지고,

예전보다 느려지고,

예전보다 행복해집니다.

'나이 듦'이라는 단어로 표현하기 힘든 영혼의 변화가 시작됩니다. 그 영혼의 눈으로 사람들을 바라본다면 분명 행복이 깃들어 있을 테지요.

어떤 과거도 버릴 게 없다

지금은 생활예술의 한 장르로 자리 잡은 조각보는, 그 연원을 거슬러 올라가면 어렵고 힘들었던 시절로 연결됩니다. 한 자 두 자 천을 끊어서 옷이나 이불을 짓고 나면 자투리 천이 남기 마련입니다. 옷을 만들자니 작고, 버리자니 아까운 조각들입니다. 어머니들은 이런 작은 천들을 소쿠리에 담거나 보자기에 따로 모아뒀다가 일정한 분량이 되면 조각들을 잇기 시작했습니다. 손바닥만 한 작은 조각들이 촘촘한 바느질로 연결되며 알록달록 색상의 조각보가 탄생합니다. 아마도 만든 분만큼은 조각보의 각 부분이 의미하는 바가 무엇인지 알고 있었겠지요. 이건 장남 설빔 만들 때 쓰다 남은 천이고, 저건 둘째 딸 시집보낼 때 옷 해 입히고 남은 천입니다. 이건 남편 저고리 하고 남은 천이고, 저건 다 해진 이불 기우고 남은 천입니다. 조각보는 그 집의 역사를 담고 있습니다.

2017년 우리 2기들은 금오공고 졸업 40주년을 맞이해 이를 기념하는 행사를 계획했습니다. 여러 행사 아이디어가 나오는 중에 기념집 제작도 한 자리 차지하고 있었습니다. 지난 40년의 세월을 기록으로 남겨 두면 앞으로 40년을 보존하며 추억할 수 있겠다 싶은 마음이었지요.

어떤 기록을 남길 것인지에 대한 다양한 의견이 나왔고, 격론 끝에 하나의 의견으로 수렴되었습니다. 2기 동기생들의 지난 40년간의 인생 기록을 담기 위해서는 사진만 한 게 없다는 데 생각이 모아졌습니다.

동기 각자의 40년 인생을 담은 사진 앨범을 만들기로 했으나 여기에는 두 가지 난관이 따랐습니다. 하나는 사진 수집 문제였습니다. 동기들의 거주지가 전국으로 흩어져 있었습니다. 일부는 해외에서 살고 있었고, 유명을 달리한 친구까지 있었습니다. 설령 국내에 거주하더라도 소식이 끊긴 친구들을 수소문하는 것도 큰 문제였습니다. 그럼에도 일단 연락이 가능한 동기들을 취합해 보자며 사진 앨범 제작을 개시했습니다. 여러 시일이 걸려서 연락이 닿은 동기를 추려 보니 300명을 한참 밑돌았습니다.

다음 난관은 앨범 제작과 관련된 문제였습니다. 우리는 각자가 보내온 사진을 취합해 이를 졸업식 앨범처럼 근사하게 만들어 줄 사람이 필요했습니다. 제작 전문가 서너 명을 바꿔 가며 만나 본 결과 부정적인 답변이 돌아왔습니다. 의도와 의지는 알겠는데 그만한 품질을 담보하기란 쉽지 않은 일이 될 것 같다는 이야기였습니다. 그럼에도 우리는 기념 앨범 제작을 추진했습니다. 최대한 해 보고 그래도 안 되면 어쩔 수 없는 일이라고 생각하고 진행했습니다. 다행히 우려했던 사진 수집은 원활히 진행됐습니다. 친구 256명이 인생의 시기별 사진들을 잘 챙겨서 보내 줬습니다. 또한 우리의 뜻을 헤아려 주고 신경을 써 준 어느 앨범 제작 전문가의 도움이 빛을 발했습니다. 최초의 우려와 걱정은 불과 두 달 사이에 확신으로 바뀌었습니다. 우리는 이 앨범에 각자의 성장사 혹은 성숙사를 엿볼 수 있는 사진들을 담았습니다. 나이 들어가는 모습과 가족사진 등 6~7장의 사진을 시기순으로 배치했습니다.

앨범이 나오던 날, 우리는 사진 속에서 점차 지금의 모습으로 변해 가고 있는 친구들의 모습을 확인하며 놀라움을 감출 수 없었습니다. 10대의 앳된 얼굴이, 20대의 활기찬 청년을 거쳐, 30대의 듬직함, 40대의 원숙함 그리고 50대의 중후함으로 이어지는 그 변천사는 우리로 하여금 인생을 한 호흡에서 바라보는 신기한 경험을 맛보게 했습니다. 자리에 모인 친구 200여 명은 앨범을 들여다보느라 시간 가는 줄 몰랐습니다. 한 장의 사진에는 너무 많은 이야기가 담겨 있어서 우리는 울어야 할지 웃어야 할지 몰랐습니다.

삶의 어느 순간인들 버릴 게 있겠습니까? 한때 부끄럽던 순간도, 좌절했던 순간도 모두 나의 오늘이라는 건축물을 만드는 데 반드시 필요한 조각임을 40주년 사진 앨범은 고스란히 보여줬습니다.

행복이란 무엇인가 하는 난해한 질문이 저에게 던져졌을 때 저는 우선, 왜 이런 질문이 내 안에서 솟구쳤는지 그 배경을 살펴보다가 삶의 균형이 깨지는 지점에 제가 서 있다는 사실을 알게 되었습니다. 그리고 문득 돌아본 과거에서 그 답을 찾게 됩니다.

•

감추고 싶은 과거는 있을지 모르지만
어떤 과거도 버릴 건
없다는 사실을 깨닫게 됩니다.
그렇게 살아왔던 시간들을 복원하는 것이
행복으로 나아가는 디딤돌임을 오늘 새삼스레
다시 깨닫게 됩니다.

제 마음 안에 인생을 관조하는 제3의 눈이 생긴 것이죠.

Chapter 3

느림의 발견

이따금 행복을 좇는 걸 멈추고
행복해 하는 것도 좋지 않은가?

◆ 기욤 아폴리네르 ◆

곧게 뻗어 있다고 믿었던 그 길

『인맥 관리의 기술』『성과를 내는 기술』『서른, 인맥이 필요할 때』『위대한 직원이 위대한 기업을 만든다』. 제가 집필한 책 중 첫 4권의 제목입니다. 성과, 인맥, 기술, 기업이라는 단어가 암시하듯 직장 생활과 관련된 내용이 담겨 있습니다.

저는 오랫동안 비즈니스맨으로 살았습니다. 살얼음판을 걷듯 거래처 미팅의 외줄을 타고, 기름 냄새와 기계음이 가득한 공장을 뛰어다니고, 서류를 넘기며 임박한 마감 시한과 간신히 맞춘 숫자들에 안도의 한숨을 내쉬면서 30년을 쉼 없이 달렸습니다. 잠을 줄이고 미리 준비하는 습관을 들였음에도 회사 일이란 게 끝없고 늘 바빴습니다. 회사의 생존은 저를 늘 분주히 움직이도록 이끌었습니다.

직장인은 숙명적으로 목표를 짊어지고 살아가게 마련입니다. 점심시간의 잠깐 휴식도, 퇴근 이후의 홀가분한 피로감도, 일요일의 늘어지는 낮잠과 휴가 시즌의 신나는 여행도, 회사의 목표에서 결코 자유롭지 못합니다. 쉬는 것조차 다시 일하기 위한 재충전의 의미일 뿐, 우리는 회사의 목표라는 단단한 말뚝에 고무줄로 묶인 인형처럼 제자리로 돌아와야 합니다. 어느 책자의 제목처럼 '목표가 이끄는 삶'이 우리가 살아가는 방식입니다.

목표 지상주의적 관점에서 본다면 회사 생활이든 가정생활이든 모든 활동은 목표를 빼고는 설명하기 어렵습니다. 상무로 재직하던 회사에서 화장실을 청소하고 운동장의 쓰레기를 주운 이유도 직원들의 주인 의식 고취라는 목표가 존재했기 때문입니다. 출근 시간보다 2시간 먼저 회사에 도착하는 습관을 갖게 된 것도 남보다 늦게 출발한 사회생활을 만회하겠다는 목표가 있었기 때문입니다. 1만 명과 인간관계를 맺은 것도 비즈니스를 만들어서 결과를 내겠다는 목표와 다짐을 빼고는 성립이 불가능합니다.

전략적 행동을 결정해야 하는 많은 순간, 제게 기준이 되었던 것은 성과였습니다. 성과라는 최종 목적지에 이르기 위해서는 중간에 밟아야 할 여러 단계가 있었고, 이들은 또다시 작은 목표가 되어 저를 분발케 했습니다. 하나의 큰 목표는 늘 수많은 새끼 목표를 파생시켰고, 일상은 자잘한 목표와 해결책의 씨줄과 날줄로 엮이며 제가 보다 효율적으로 행동하도록 옥죄어 왔습니다. 그러다 보니 나중에는 밥을 먹기 위해 숟가락을 뜰 때도 무의식중에 목표 지향적인 행동이 나오게 되었습니다.

월요일부터 토요일까지 목표를 염두에 두고 빙글빙글 돌던 두뇌는 퇴근 시간이 지나서도, 주말이 되어도 구르기를 그치지 않고 틈틈이 목표 달성에 대한 새로운 영감을 탐색합니다. 방금 전까지 채찍을 맞은 팽이는 침대에 누워도 회전을 멈출 기미를 보이지 않습니다. 지구가 태양을 1년에 한 바퀴씩 돌듯 제 의식은 목표를 공전축으로 삼으며 지난 30년을 돌아왔습니다. 공전궤도 밖에서 보면 멀미가 날 것처럼 쉼 없이 돌다 보니 이제는 멈추는 게 더 이상할 지경입니다. 그리고 이와 동시에 속도가 또 하나의 우상이 됩니다. 남보다 뒤처지는 건 제 자신이 허락지 않습니다.

아마도 이 두 가지, 즉 목표와 속도가 우리를 프로페셔널이라고 부르는 이유가 되겠지요. 목표가 없다면 그는 단지 일을 좋아하는 아마추어일 뿐이요, 속도가 늦다면 프로라는 이름이 무색할 만큼 무능력한 자가 되기 때문입니다.

그런데 너무 오래, 너무 빨리 돈 게 분명합니다.

목표와 속도라는 구심력에 붙잡혀 어지럽게 돌던 어느 날, 저를 잡아당기는 중력이 약해심을 느낍니다. 그리고 허공에 붕 뜬 것처럼 무중력 상태에 놓이더니 방금까지 제가 몸담고 있던 세계가 한 걸음 떨어져서 보입니다. 그 시선으로 바라보니 세상이 조금 다릅니다.

목표가 사라진 세상은 어디가 위인지, 어디가 앞인지 알 수 없는 우주의 부유물처럼 보입니다. 방향을 가리키는 표지판이 쓰러지고 북쪽을 지시하는 나침반이 붕괴됩니다. 속도가 사라진 세상은 슬로모션처럼 소리 없이 서서히 움직입니다. 자명종은 태엽이 뒤엉키고 시계는 바늘을 잃습니다.

•

빠르게 달리는 차에 타고 있을 때는
나와 같은 속도로 나란히 달리고 있는
차 말고는 아무것도 보이지 않았는데
차에서 튕겨져 나와 바라보니
앞으로 곧게 뻗어 있다고 믿었던 그 길이
실은 어디로 향하는지 모르게 굽어 있습니다.
달릴 때는 몰랐으나 지금 보면
그 길은 뫼비우스의 띠를 닮았습니다.
20년 전에 깊은 교우를 나누던
어느 선한 얼굴이 떠오른 것도 그 무렵이었습니다.

당신 집은 언제까지 당신 것인가?

"김기남 과장, 당신 집이 당신 집 맞아요?"

"네? 저희 집입니다만."

"진짜 당신 집이라고?"

"등기가 제 앞으로 되어 있으니 제 집이 맞죠."

"언제까지 당신 건데?"

"제가 팔기 전까지는 제 집이겠죠."

"그럼 말이야, 과거에 살던 집들은 어떻게 되었지?"

"그건 다른 사람이 샀으니 이제는 그들 집이죠."

"그렇지. 예전 집은 이제 당신 집이 아니네? 그렇다면 지금 살고 있는 집은 언제까지 당신 집인 거야?"

아직도 기억에 생생합니다. 저를 의아하게 만들었던 질문의 주인공은 지금은 고인이 되신 손진석 사장입니다. 오아시스레코드라고 1960~70년대 지구레코드와 함께 우리나라 음반계를 이끌었던 분입니다. 나훈아, 남진, 이수미, 송대관, 조영남 등 내로라하는 가요계 스타들을 발굴한 분으로 유명하죠.

그 시절, 저는 경기도 안양의 태광 에로이카에 재직하고 있었습니다. 오아시스레코드는 걸어서 3분 정도 거리에 있었습니다. 같은 동네에 살던 게 연이 되어 친분을 맺게 되었는데 그분은 제가 가면 기다렸다는 듯이 2시간씩 붙잡고 재미있는 이야기를 들려주셨습니다. 물론 그 재미있는 이야기라는 게 비즈니스맨으로 세상 사는 법에 관련된 게 많았습니다. 당신 본인이 이미 성공한 경영자였으니 이제 막 마흔 나이에 접어든 제게 들려주고 싶었던 게 많았던 모양입니다. 예컨대 이런 식이었죠.

"한창 CD가 보급되던 시절이었어요. 그때 삼성에서 CD 사업을 접었다는 이야기를 들었지. 그런데 해외에서는 비디오 CD라고 새로운 기술이 등장했을 때였거든. 마침 우리 오아시스에서 이걸 들여오면 어떨까 싶었지."

당시 제 생각에는 그렇게 좋은 기술이라면 오아시스가 단독으로 사업을 벌여서 시장 독점을 노리는 게 좋지 않을까 싶었습니다. 그래서 "독점하면 안 되느냐?"고 물었죠. 그런데 그분 생각은 달랐습니다.

"근데 말이야, 동네 시장도 아니고 우리 오아시스가 무슨 수로 다 커버한다는 말이지? 신상품을 출시할 때는 경쟁업체들이 함께 들어와 줘야 하거든. 설령 시장에서 경쟁이 벌어지더라도 여러 기업이 참여를 해야 시장을 만들 수 있다고. 만일 이 사업을 우리가 하기로 마음먹었다면 우리만 몰래 준비해서 시장에 나가는 게 아니라 사전에 삼성에도 같이하자고 제안해서 시장 진입을 유도해야 해. 혼자 들어가서는 시장을 바꿀 수 없다는 말이지. 같이 살 수 있도록 계획해야 같이 살아지는 거야. 공연히 욕심 부려서 혼자 먹겠다고 나서다가는 아무것도 할 수 없거든."

그분은 서른 살 아래의 저에게 냉정한 비즈니스 세계에서 현명하게 살아남는 방법을 들려줬습니다. 저는 경영자가 아니었지만 하는 일은 경영과 연관된 게 많았습니다. 그분의 이야기를 들으면 시간 가는 줄 몰랐습니다. 그분은 비즈니스뿐 아니라 리더나 경영자로서 가져야 할 태도에 대해서도 조언을 아끼지 않았습니다. "직원들과 소통하기 위해서는 언더스탠드understand해야 한다"며 "그건 아래under 서는 것stand"이라고 뜻풀이까지 곁들여

주는 식이었죠. 본의 아니게 경영자 수업을 받다 보니 자꾸만 찾고 싶어졌고, 그분은 늘 선한 얼굴로 저를 반겨 줬습니다. 그런 제가 마음에 들었는지 손진석 사장 역시 지친 기색 없이 이야기보따리를 풀었습니다.

"내가 왜 당신을 좋아하는지 알아?"

직설적으로 표현하면서도 거부감이 느껴지지 않는 것이 그의 매력이었습니다.

"글쎄요."

"내가 사람들을 참 많이 만나거든. 그런데 말이야."

그는 사무실 유리창을 가리켰습니다. 사장실 한 벽이 통유리로 되어 있습니다. 수차례 다녔으니 모를 리 없습니다. 눈만 돌리면 유리 너머로 직원들이 오가는 게 보이는 구조였습니다.

●

"나를 찾아오는 사람들은 사람 지나가면
고개가 슥 돌아가.
한 번씩 꼭 옆을 쳐다본다고.
그런데 자네는 한 번도 고개가 돌아가지 않아.

듣는 자세가 되어 있는 거지.

그게 내가 자네를 좋아하는 이유일세."

또 한 가지 기억에 남는 게 있습니다. 그는 제가 방문하면 꼭 물 한 잔을 내줬습니다. 차나 커피 대접에 익숙했던 제게는 그 물 한 잔이 참 독특해 보였습니다. 테이블 위에 물 잔을 놓고 그의 이야기에 흠뻑 빠지다 보면 2시간이 훌쩍 지나갔죠.

초로 살아갈 것인가,
촛불로 살아갈 것인가?

어느 술자리에서 안주가 나오자 누군가 이런 말을 하더군요.

“젊었을 때나 안주 없이도 술이 들어갔지, 이젠 전처럼 못 마시잖아? 갈수록 힘이 부치고 컨디션 회복이 힘드네.”

그러자 듣고 있던 누군가 촛불론을 펼칩니다.

“이제 건강 챙길 나이가 된 거지. 그런데 누가 그러더라고, 나이 들고 초라해지는 건 인생을 초라고 생각하는 거라고.”

인생을 초라고 생각하는 거다? 무슨 뜻일까요? 그가 설명을 덧붙입니다.

“처음 초를 켰을 때는 누가 그 초의 길이 따위에 관심이나 두겠어? 아직 많이 남았으니 켜 두고 있는 거지. 그런데 초가 점점 짧아지면 그때부터 초의 길이가 눈에 띄는 거야. '이제 20년 남았네, 이제 10년 남았네' 하고 대강 누울 나이를 가늠해 보기 시작하지. 남은 시간 생각하는 때가 된 거야. 그때부터 인생이 비참하게 느껴지기 시작하지. 당장 직장만 생각해도 그렇잖아? 이 일을 언제까지 할 수 있을까 생각하면 착잡하거든. 그런데 말이야. 촛불로 시선을 옮기면 인생이 조금 다르게 보이기 시작해. 초가 줄어드는 건 어쩔 수 없는 일이지만 촛불은 예나 지금이나 밝게 빛나고 있거든. '나이 드는 건 피할 수 없다, 죽음에 가까워지는 건 내가 싫다고 거부할 수 없는 거다, 그렇지만 나는 예전이나 지금이나 밝은 촛불처럼 살아갈 거다' 이렇게 생각하면 남은 시간을 계산하며 한숨 쉬는 대신 지금 이 시간을 조금 더 즐겁게 살 수 있을 것 같다는 이야기야."

다들 수긍하는 가운데 동석자 한 명이 이의를 제기합니다.

"그거 참 좋은 말이다. 그런데 누가 그렇게 살겠어?"

그때 제 머릿속에 떠오른 사람이 손진석 사장이었습니다.

그는 촛불과 같은 사람이었습니다. 가만히 앉아 있을 때 그는 체구가 왜소하고 얼굴에 주름이 깊은 일흔의 노인이었습니다. 그런데 사람이 찾아오면 그는 선한 얼굴과 촛불처럼 반짝이는 눈빛으로 손님을 맞았습니다. 그는 나이 듦을 '한물갔다'가 아니라 '경험이 풍부해졌다'는 의미로 썼습니다.

"당신은 내 나이 살아 봤어?"

한 살이라도 더 젊어지는 게 평범한 사람들의 소원일 텐데 그는 너무도 당당하게 자신의 나이 듦을 자랑스러워했습니다. 그의 소원은 '젊어지는 데' 있는 게 아니라 '젊게 사는 데' 있었습니다. 초의 남은 길이를 걱정할 시간에 촛불을 더 밝게 불태우고 싶어 했던 게지요.

어쩌면 직업 탓일 수도 있지만 그는 20~30대가 즐겨 듣는 음악을 듣고, 코미디 프로그램을 시청하면서 신세대 코드와 시대 변화상을 읽으려고 노력했죠.

●

나이 들었다고 뒷물결에 밀려서
무대 뒤로 사라지는 게 아니라
같은 강이 흐르고 있다는,
같은 시대를 살고 있다는
평등한 동류의식을 느끼고 싶었던 것 같습니다.

모임에 참석해서도 늘 당신보다 나이 어린 사람들의 이야기에 귀를 기울이려고 노력했습니다. 우리나라 문화상 어르신이 있으면 입을 다물고 이야기를 경청하려는 게 일반적입니다. 더욱이 그는 당대 가요계의 대부였습니다. 그의 아이다운 밝은 에너지와 날카로운 비즈니스 감각, 사람 보는 안목, 재미있는 말재주 등을 흠모하는 사람도 많아서 그는 늘 주목을 받았습니다. 그럼에도 불구하고 '말하기 30%, 듣기 70%'라는 대화 원칙을 어기지 않으려고 노력했습니다. 나이 어린 사람들에게도 배움 청하기를 즐기는 그의 성격답게 말이죠.

"세상이 변하는 걸 모르는 사람이 어디 있겠어? 그런데 그 변하는 세상에 발걸음을 맞추려는 사람은 별로 없거든. 걸음을 맞추려면 젊은 사람들에게 자꾸 말하게 해야 하고 그걸 들어야 해. 사람은 듣기에 충실해야 하는 거야. 나는 모임에 가기 전에 항상 다짐을 해. 오늘은 듣기를 70% 해야겠다. 모임이 끝나고 집에 가면서 곰곰이 생각해 보는 거지. 오늘 듣기를 70% 했나, 안 했나? 만일 말하기가 30%를 넘어가면 반성하는 거지. 그렇게 자꾸 되새겨야 습관이 되거든."

물론 저와 있을 때는 말하기가 90%에 이르는 분이었고, 실제로 말도 재미있게 하는 분이라 입을 꾹 다물고 듣는 데 집중하려고 노력하는 그의 모습이 선뜻 그려지지 않기도 했습니다만, 그는 자신이 정한 원칙에서 벗어나지 않으려고 무던히도 애를 썼던 게 분명합니다. 마치 앞길이 창창한 젊은이가 스승에게 받은 교훈을 목숨처럼 지키려고 하듯이 말이죠. 그런 사소한 일에서조차 교만하지 않고, 나서지 않으려고 스스로 다지는 모습이 어쩌면 그의 당당함의 원천이었는지 모릅니다.

종종 집으로 식사도 하러 오던 그분은 늦은 나이에도 사장 자리를 지키며 열정을 잃지 않았습니다. 손에서 책을 놓지 않았으며, 세상을 풍부하게 경험해 보려고 했습니다. 그 모습은 마치 갓 대학에 입학해 모든 걸 궁금해 하는 젊은이 같았죠. 그가 자주 물었던 것 가운데 하나가 영어 단어였습니다. 늦은 나이까지 영어 책을 들고 공부하던 그분은 "이 단어 아느냐?"고 제게 종종 묻고는 했죠. 그렇게 물을 때 그의 표정은 정말 궁금해 죽겠다는 호기심 많은 아이의 얼굴이었습니다.

영원한 나의 것은 없다

손진석 사장은 83세의 나이에 세상을 떠났습니다. 저도 장례식장에 참석했는데 마침 가수 남진 씨의 옆자리에 앉아서 남진 씨와 인사를 나눴던 기억이 납니다. 제가 손진석 사장과 어떤 사이인지 소개드리니 남진 씨가 제게 수첩이 있느냐고 묻더군요. 의아했지만 꺼내서 드렸습니다. 그랬더니 수첩에 휴대폰 번호를 적어 주면서 언제든 전화하라고 하더군요. 저는 이 작은 에피소드를 통해서 사람들이 손진석 사장을 어떻게 생각하는지를 엿볼 수 있었습니다. 남진과 나훈아 등의 가수에 끼친 영향부터 국내 가요계에서 그가 차지했던 위치 그리고 그를 사랑한 많은 사람까지. 저는 왜 사람들이 그를 좋아했는지 알 것 같았습니다.

"당신 집이 당신 거냐?"

이렇게 묻던 그분의 이야기가 그때는 크게 다가오지 않았는데 초의 길이가 짧아져 가는 게 눈에 띄던 어느 날 그 질문이 새삼 떠올라 목덜미를 서늘하게 만듭니다.

"과거에 살던 집은 다른 사람이 들어와서 살고 있지 않은가? 그렇다면 지금 집은 언제까지 당신 것인가? 차는 언제까지 당신 거지? 부모님은 언제까지 당신 곁에 있지? 아내는 또 어때?"

저는 꿀 먹은 벙어리가 되었습니다. 한 번도 생각해 본 적이 없던 이야기였습니다.

"지금 내 곁에 있는 것, 나의 것이라고 생각하는 모든 것은 결국 나를 떠나게 되어 있다. 영원한 나의 것은 없다."

우리는 백 세 시대라는 말이 어떤 의미인지 아직 분명히 깨닫지 못하고 있습니다. 평균 연령이 백 세가 되는 첫 번째 세대는 아직 그 나이를 맞이하지 못했습니다. 우리 사회는 지금 최소한 수명이라는 차원에서 전혀 다른 시대로 접어들었습니다. 그러다 보니 백 세 시대에 대한 관심은, 연세 드신 분들의 경험에 대한 관심으로 이어집니다. 나이 듦이라는 문제가 더 이상 남의 이야기가 아니게 되었습니다. 불과 수십 년 사이 어르신들을 공경

하던 문화가 사라지며 나이 듦은 곧 독거노인과 같은 '잊힘'으로 받아들여지고 있습니다. 다시 선배들의 경험이 필요한 시절이 되었습니다.

지금껏 우리는 궁금해도 묻지 못했습니다. 어떻게 나이를 먹어야 합니까? 학교에서도, 사회에서도 알려 주는 사람이 없었습니다.

●

신뢰를 얻는 법,
물건값을 협상하는 방법,
직원을 격려하고 동기부여하는 법,
몸값을 높이기 위한 방법,
세상에 긍정적 영향을 끼치기 위한 방법,
대화하는 방법, 운동법 등
세상에는 수많은 방법이 있었습니다만,
나이 드는 법은 들어 본 적이 없었습니다.

그런데 일흔을 넘어 여든을 바라보던 그가 이렇게 말했습니다.

"영원한 나의 것은 없다."

"어떻게 나이를 먹어야 합니까?"라는 우문에 돌아온 현답입니다.

"차곡차곡 나이를 세다가 늙어 죽으려느냐? 영원한 게 없다는 말은 삶이 허무하다는 뜻이 아니다. 도리어 지금 이 순간이 내 인생에 딱 한 번뿐이라는 말로 받아들여야 한다. 이 순간들은 차곡차곡 쌓이는 게 아니다. 이어지거나 연장되는 것도 아니다. 흘러간다. 사라진다. 오늘을 저금해 내일을 누리려고 하지 마라. 오늘을 살아라. 지금을 살아라."

마치 살아 있는 생명처럼 쉼 없이 떨리고 있는 촛불이 우리에게 들려준 이야기는 딱 한 번뿐인 이 순간의 소중함이었습니다.

느림은 속도가 아니다

미친 듯이 달리느라 잊고 지나쳤던 소중한 가치가 있습니다. 그 소중한 것을 되찾기 위해서는 발걸음을 늦춰야 합니다. 그곳에서 우리는 느림을 만나게 됩니다.

느림은 단순히 거북이처럼 느려졌다는 뜻이 아닙니다. 느려지기만 해서는 빠름과 다를 게 없습니다. 느림은 속도의 개념을 벗어나라는 지상명령입니다. 느림은 소유라는 말의 함정에서 우리를 건져 내어 경험이라는 다른 차원으로 이동시킵니다.

"소유냐 존재냐."

햄릿의 유명한 대사 '사느냐 죽느냐 그것이 문제로다'를 연상시키는 이 문장은 미국의 심리학자 에리히 프롬이 소유 중심의 삶을 비판하며 우리에게 던진 질문입니다. 소유를 제1의 가치로 여기며 살아가는 사회에서는 소유하기 위한 모든 행위가 적극 장려됩니다. 돈을 벌기 위한 모든 행위, 지위를 획득하기 위한 모든 행위는 바람직한 행위로 받아들여지며 사람이라면 응당 도전해야 할 의무가 됩니다. 원래는 갖는 것 자체가 목적은 아니었을 텐데 갖고 있는 게 힘이 되고, 갖고 있는 게 당당함의 원천이 되다 보니 소유가 우리 삶의 꼭대기를 차지하게 된 것이겠지요.

소유가 존재의 우위에 서는 역전 현상은 어제오늘 일이 아닙니다. 산업혁명 시절, 자본가가 노동자를 착취해 부를 축적한 것이나 개개인이 자기 계발이라는 미명 아래 자기 자신을 착취하는 일 나아가 부양가족을 위해 자신을 희생하며 가계의 재산을 증가시킨 일에도 이런 역전 현상이 자리를 잡고 있다면 너무 지나친 말일까요?

이 현상을 바라보는 해석의 프레임이 어떻든 핵심에는 소유에 대한 무비판적 수용이 존재합니다. 많이 가진 것이 선이라는 인식이 자리합니다. 비판의 화살에서 벗어난 소유 활동은 우리의 등허리를 타고 머리 꼭대기까지 기어올라 드디어는 주인처럼 행세합니다. 이런 비유가 적당할지 모르겠습니다만, 우리의 삶은 어쩌면 연가시에 조종당하는 꼽등이일지도 모르죠. 특히 더 이상 소유의 증가가 어려워지고 상실이 찾아오는 나이가 되니 사태가 뚜렷해집니다. 그 어떤 것도 영원히 내 것은 아닐 텐데, 왜 나는 자꾸만 모으려고 하는 것일까? 하나둘씩 내 곁에서 멀어지는 게 생기는데 왜 나는 계속 집착하려는 것일까? 아니, 인생이 나의 것이었던 적이 있기나 한 걸까? 그런 걸 알면서도 나는 왜 지금을 살 수는 없는 걸까?

너무 울어
텅 비어 버렸는가
매미 허물은

그때 바쇼의 하이쿠 한 소절이 들려옵니다. 매미의 울음 때문에 생긴 허물은 아닐 것입니다. 그럼에도 하이쿠 시인 바쇼는 눈물과 허물을 연결 짓습니다. 눈물은 그가 생을 뜨겁게 살았다는 뜻일 테고, 그래서 낙엽이 떨어진 자리가 더 크게 보인다는 말인 것 같습니다. 똑같이 사라지고 마는 인생이지만 누군가에게는 그 빈자리가 더 크게 느껴집니다. 그 누군가는 정말로 삶을 사랑했고, 그래서 치열하게 살았던 것 같습니다. 지금을 산다는 건 이 순간이 아니면 두 번 다시 경험하지 못한다는 마음으로 살아간다는 게 아닐까요?

●

왜 우리는 나이가 들면
영광이나 정의보다 부서지기 쉬운
사소한 일에 더 마음을 두게 될까요?
아름다움이란 영원하지 못하기 때문에
느끼는 감정입니다.
꽃이 지기 때문에 피는 게 아름답습니다.

이런 태도가 '느림'을 말하는 것처럼 느껴집니다. 근력이 떨어져 맞이하게 된 느림이 아닙니다. 세상의 변화가 너무 빨라서 뒤처지게 된 느림이 아닙니다. 소유로부터 한 걸음 물러서는 것, 내 손에 닿는 따스한 물의 감촉을 느끼는 것, 내 코끝에 닿는 향초의 냄새를 즐기는 것, 담벼락 아래 피어나는 민들레에 시선이 가는 것, 오늘 이 길을 지나가면 두 번 다시 만날 수 없는 그날 그 순간의 민들레임을 알고 바라보는 것…. 반복을 기대할 수 없는 찰나적인 경험들을 매 순간 뜨거운 마음으로 기꺼이 감수하며 사는 것이 진짜 삶이 아닐까요?

소년이로학난성을 졸업하며

어린 우리를 다그치던 문장이 있습니다.

"소년은 늙기 쉽고 학문은 이루기 어렵나니少年易老學難成."

가난은 제 뒤를 쫓아오던 무서운 괴물이었고, 목표는 사냥견 앞에서 빠르게 달아나는 토끼와 같았습니다. 그리고 주자는 채찍을 들고 우리의 분발을 독촉했습니다.

중년을 넘긴 나이에 그의 말을 다시 접하니 '정말 그렇구나' 하는 묘한 깨달음과 함께 '늙기 쉽다'는 그 말이 계속 머리를 맴돕니다. 이 문장에 따르면 세상에서 가장 쉬운 게 늙는 것입니다. 빈둥빈둥 놀기만 해도 나이가 듭니다. 그의 말에 백 번 고개를 끄덕이지만 이제 후절은 거부하려고 합니다. 무언가를 이루기 위해 평생을 살았으나 그 이름이 영원하지 못하다는 걸 알게 되었을 때 얼마나 서글플까요? 뭔가를 이루기 위해서 받은 생명도 아닐 텐데 이 시의 재촉함은 너무하다 싶습니다. 이 문장은 오늘을 내일의 보상을 위한 하나의 수단으로 전락시킵니다. 오늘 누릴 수 있는 경험이라는 행복을 내일에 양보할 만큼 저는 많은 시간을 갖고 있지도 못합니다. 그래서 오늘은 주희(주자)에게 한마디 돌려주고 싶습니다.

"재촉하지 마라,주희여!"

집에 가는 길에 초보 운전자를 만납니다. 그가 자동차 유리에 붙여 둔 초보 딱지가 눈에 띕니다.

"답답하시면 먼저 가세요."

그러고 보면 교통 캠페인에 쓰였던 이런 문구도 있었습니다.

"10초 먼저 가려다가 10년 먼저 간다."

행복으로 가는 길이 따로 있는 건 아니겠지만 저는 왠지 '느림'이 우리를 행복으로 인도해 줄 것 같은 기분을 느낍니다. 마치 오래 숙성시켜 깊은 맛이 나는 찻잎처럼 느림이라는 차를 한 잔 마시면서 사람의 향기에 취하는 것, 이것은 생각보다 괜찮은 행복입니다.

오래된 연못
개구리 뛰어드는
물소리

느림 속에 푹 빠져 있던 하이쿠 시인 바쇼가 정원에 앉아서 거울처럼 하늘을 그대로 반영하고 있는 연못을 완상하다가 어느 연잎에서 뛰어들었는지 개구리 뛰어드는 풍덩 소리를 듣습니다. 사실 바쇼는 개구리를 본 게 아닐지 모릅니다. 그저 뭔가 연못 수면을 뚫고 들어가며 공기방울이 풍덩 터지는 소리를 들었던 것일 테지요. 하지만 그는 느림 속에 있다 보니 하나의 작은 소리에서도 사태의 전경이 다 그려집니다. 느림은 분명 그런 힘이 있습니다. 분주함이 사라진 마음이기 때문에 마주 앉은 사람의 움직임이나 표정, 마음결까지 고스란히 전달받을 수 있습니다. 마주 앉은 그 사람의 숨결이 들린다면 지금 나는 그 사람을 온몸으로 겪고 있는 것이니, 이보다 더 좋은 경험, 이보다 더 나은 즐거움이 어디 있을까요? 세상에서 가장 큰 즐거움은 느림 속에서 맛보는 그 사람과의 교분일 것입니다.

이것으로 글을 쓰면 시가 되고

이것으로 그림을 그리면 원이 되며

이것으로 삶을 살면 무소유가 된다.

이것으로 사람을 만나면 즐거움이 끊이질 않는다.

이것은 느림입니다.

Chapter 4

가벼움의 발견

바람의 방향을 바꾸기란 어렵다.
그러나 목적지에 도달하기 위해 돛을 조정할 수는 있다.

• 파울로 코엘료 •

무거운 짐

머리가 희끗희끗한 어느 노인이 있었습니다. 그에게는 외설 잡지 모으기라는 비밀스러운 취미가 있었습니다. 아직은 문지방을 넘을 힘이 있는 천생 '남자'였지요.

하루는 그가 심장마비로 쓰러졌습니다. 다행히 응급조치로 목숨은 살렸으나 병세가 위중했습니다. 의사는 가족에게 연세도 있으시니 마음의 준비를 단단히 하라고 일러 뒀습니다. 마침 잠에서 깬 노인은 의사의 이야기를 듣고 말았습니다.

'이게 마지막일 수도 있겠구나!'

덜컥 겁이 났습니다. 어떤 위로의 말도 그를 다독이지 못했습니다. 침상에 누워 한숨을 쉬다 보니 문득 옛일들이 떠오릅니다.

어렵고 힘들게 살았던 시절, 결혼하고 아이 낳고 직장 생활 하다가 은퇴하고 소일거리하며 지내던 시간들…. 생각해 보면 나름 즐겁고 행복한 인생이었습니다. 나이도 먹을 만큼 먹었고 자식들 잘 커서 자리 잡고 살고 있으니 지금 죽어도 여한은 없겠다 싶었죠.

그런데 그날 밤 그는 한 가지 잊고 있던 게 떠올랐습니다. 이제 모두 내려놓고 하늘이 정해 준 때를 따르면 되겠다 싶었는데 그 생각 하나로 마음이 혼란에 빠졌습니다. 그 생각이란 방구석에 숨겨 둔 외설 잡지였습니다.

'이대로는 못 죽는다.'

간호사도 졸고 있는 늦은 밤, 그는 병원 탈출을 감행합니다. 보호자도 지쳐서 잠이 들었을 무렵, 절대 안정이라는 팻말이 붙은 병실 문을 조용히 빠져나왔습니다. 택시를 잡아타고 집 앞에서 내렸습니다. 차마 초인종을 누를 수는 없었습니다. 그는 담벼락을 넘고 창문을 넘어 자기 방에 들어섭니다. 그러고는 서랍 안쪽에 고이 모셔 뒀던 잡지를 꺼내 보자기에 묶어서 다시 집 밖으로 나갑니다. 골목을 지나 인적 드문 전봇대 밑에 보따리를 버리고 다시 병원으로 돌아와서 침상에 눕습니다. 다행히 아무도 눈치채지 못한 것 같습니다. 이제 비로소 마음이 놓입니다.

예전 코미디 프로그램의 한 토막입니다. 개그맨 김경식 씨가 노인으로 분했던 것으로 기억합니다. 십 년도 넘은 코미디 프로그램을 되살린 이유는, 그가 마음에 짊어지고 있던 보따리 때문입니다. 코미디 프로그램답게 희화화된 내용이기는 하지만 우리 삶과 비교해 보면 그렇게 벗어난 이야기는 아닌 것 같습니다. 우리는 죽을 때까지 마음의 짐을 내려놓지 못합니다. 죽음이라는 중차대한 문제 앞에서도 짐을 내려놓을 줄 모릅니다.

어느 젊은 아버지와 유치원생으로 보이는 어린 딸이 대화를 나눕니다.

"아빠, 나 좀 도와줘."

마침 아빠의 손에는 마트에서 장 본 물건이 들려 있었습니다.

"아빠가 지금 손이 없어."

"왜 손이 없어?"

"아니, 손은 있는데 물건을 들고 있어서 도와줄 수 없다는 뜻이야."

"그럼, 물건을 놓으면 되잖아?"

아이들이 어른보다 똑똑할 때가 있습니다.

•

흐르는 강물을 두 손 가득 담아 보고 싶다면
휴대폰 카메라를 내려놓아야 합니다.
행복을 쥐고 싶다면 내 손에 들고 있는 짐들을 내려놓아야 합니다.

프랑스의 어느 국회의원은 더 이상 일하기 싫다며 불출마를 선언했습니다.

"딸아이가 점점 크고 있고, 얼마 후면 부모가 필요 없어질 나이가 됩니다. 지금 아니면 함께 시간을 보낼 수가 없는데 일이 너무 바빠서 도통 틈이 나질 않네요. 그래서 이번 총선에는 불출마하기로 결정했습니다."

과반수가 넘는 국회의원이 자전거로 출퇴근하고, 월급도 우리나라보다 적고 또한 의원은 봉사직이라는 인식이 있는 나라라는 점을 감안하더라도 그의 결정은 참신합니다. 그는 무엇이 중요한지 잘 알고 있는 것처럼 보입니다. 그는 단 한 번뿐인 행복을 누리기 위해 짐을 내려놓았습니다.

'가벼움'의 엄습

사람은 중력의 동물입니다. 중력을 감지하기 위해 귀에는 이석이라는 돌이 존재합니다. 이석은 어디가 아래인지 뇌에 알려 주는 역할을 합니다. 이석이 자기 자리에서 떨어질 때 문제가 발생합니다. 어지럼증이 찾아와 가만히 서 있기조차 힘들 뿐 아니라 울렁거림과 식은땀, 두통, 눈 떨림, 부정맥 등의 현상이 동반됩니다. 이석증은 생명에 지장을 줄 만큼 큰 병은 아닙니다. 그럼에도 이 작은 돌의 이상 증상은 일상생활을 불가능하게 할 만큼 인체에 미치는 파급력이 큽니다. 사람은 중력이 없으면 존재할 수 없으며 또한 중력의 올바른 방향을 인지하지 못하면 고통을 받는 존재입니다. 중력 안에서, 중력의 올바른 방향 안에 있을 때 안정감을 느끼는 게 사람입니다.

아마도 이 때문인 것 같습니다. 사람은 무게가 사라진 공간, 즉 무중력 상태에 대한 근원적 두려움을 갖고 있습니다. 롤러코스터나 바이킹과 같은 놀이 기구가 하강할 때 하늘에 붕 뜨는 느낌을 받게 되는데 그게 무중력 상태에 가까운 느낌입니다. 놀이 기구의 짜릿한 즐거움이란 무중력이라는 공포에 근원을 두고 있는 셈이죠.

사람이 살아가는 공간에도 중력이 있습니다. 일종의 사회적 중력이죠. 가족도 하나의 중력이 되며, 회사나 국가도 마찬가지입니다. 가족이나 회사, 국가 안에서 우리는 의무와 도리를 짊어지게 되며 그 무게감만큼의 중력을 느끼며 살아갑니다. 부모 봉양과 자녀 양육이라는 도리, 남자라면 국방의 의무도 져야 하고, 경제활동을 하는 동안은 납세의 의무 역시 지고 살게 됩니다.

의무나 도리는 권리와도 연결됩니다. 돈을 내고 있는 한 그에 합당한 권리를 행사할 수 있습니다. 그래서 한쪽에서는 짐처럼 보이는 이 자리는 나의 무기가 되기도 하는 셈이죠. 이런 이유 때문인 것 같습니다. 자신이 차지하고 있는 지위에 자신을 대입하는 일이 종종 벌어집니다. 오랫동안 가장으로 살아온 사람은 '가장'이라는 지위를 빼고는 자신을 설명할 게 없어집니다. 갑작스레 은퇴한 어느 대기업 부장이 퇴직 후 아무도 반겨 주는 사람이 없는 현실에 놓일 때 박탈감과 초라함을 느끼는 이유가 자기 지위와 자신의 정체성을 동일한 것으로 여겼기 때문이죠.

그러나 좋든 싫든 중력이 사라지는 시간은 찾아옵니다. 가장이었던 사람이 골방 노인네가 되고, 부장이었던 사람이 동네 치킨집 사장이 됩니다. 엄마였던 사람이 할머니가 되고, 건물 관리인으로 제2의 인생을 살던 사람이 이제는 힘에 부쳐 일손을 놓는 순간이 찾아옵니다. 지위가 사라진 무중력 상태는 참으로 견디기 힘듭니다. 끈 떨어진 연처럼 속절없이 허공을 떠다니는 것 같습니다.

●

'가벼움'이 엄습합니다.
무더위가 가셔서 좀 살 만하다 싶은 어느 날,
소름 돋는 찬 기운이 목덜미를 감싸듯이,
늦가을 지는 해보다 빨리 어스름이 내려오듯
'가벼움'은 소리 없이 다가옵니다.

불안의 냄새가 코끝을 맴도는가 싶더니
이제 짐을 넘겨줘야 할 때가 됩니다.
이제는 들고 있고 싶어도
더 짊어질 수 없는 짐입니다.

'허무함'이나 '공허함'이라고 불러야 할 테지만 그래도 '가벼움'이라는 단어를 쓰고 싶은 이유가 있습니다. 우리는 이 공허함을 가벼움으로 바꿔야 하기 때문입니다. 무게 없음은 때때로 존재감과 연결되어 쓰입니다. 밀란 쿤데라는 『참을 수 없는 존재의 가벼움』이라는 책을 통해 무게 없음과 존재를 묶습니다. 저는 존재의 무거움과 가벼움을 말하고 싶지는 않습니다. 그런 관점에서 보면 사람은 필연적으로 '참을 수 없는 가벼움'을 맞이해야 하기 때문입니다.

도리어 우리는 존재와 무게를 분리시켜야 합니다. 어떤 지위, 어떤 역할을 하는 동안에만 존재감을 느낄 수 있는 것이라면 '가벼움'은 결코 발견될 수 없습니다. 자리에서 내려온 뒤, 역할에서 배제된 뒤 우리에게 남는 이 감정은 긍정의 가벼움이 되어야 합니다. 자진해서 내려놓은 것이든 빼앗기듯 내려놓은 것이든 상관

없습니다. 공허함에 사로잡힌 사람은 자신의 빈 손바닥만 쓸어내리고 있습니다. 어제까지 그 손에 쥐어져 있던 그 조약돌의 무게감을 추억하며 오늘을 비참함으로 몰고 갑니다. 반면 긍정의 가벼움으로 갈아탄 사람은 이제 자신의 빈손으로 다른 누군가의 손을 잡아 줄 수 있습니다. 그런 가벼움일 때 새로운 조약돌을 꼭 쥐고 그 무게를 맛볼 수 있습니다. 빼앗긴 것을 추억하느라 시간을 낭비하느니 지금 내 앞에 다가온 삶을 적극 맞이하는 자세가 곧 가벼움의 철학이며 그게 행복에 가깝다고 믿습니다.

"너는 시간을 낭비한 죄를 지었다."

꿈속에 등장한 12명의 심판관이 빠삐용에게 내린 최후의 판결입니다. 빠삐용은 지금까지 잘못 살아왔다는 사실을 깨닫게 됩니다. 그리고 꿈에서 깬 빠삐용은 그의 이름처럼 '나비'가 되어 자유롭게 하늘을 날아갑니다. 가벼움을 받아들인 빠삐용의 비상입니다.

가벼움과 친해지기

1995년이니까 30대 후반이었을 겁니다. 그때 저는 밤 12시에 퇴근하고, 새벽 4시에 일어나서 출근을 준비했습니다. 주말이 없었습니다. 제게는 일요일도 평일과 다름없는 근무일 중 하루였습니다. 체력이라면 누구보다 자신이 있었고, 업무에 대한 열정이 대단하던 시절이었지요.

하루는 아내가 그러더군요. 다른 소원은 없다. 지금처럼 일하는 것에 반대하지 않겠다. 토요일, 일요일에 회사 나가도 괜찮다. 그런데 딱 한 가지 소원이 있다. 성당에만 같이 다녀 달라…. 천주교는 6개월 정도 교리를 받고 신부님과 질의응답을 거쳐서 세례를 받을지 말지를 결정해야 합니다. 저는 통신교리를 통해 예비신자 교육을 받은 끝에 정식 신자가 되어 성당을 나가기 시작했습니다.

그때는 몰랐지만 시간이 흐를수록 성당에 다닌 게 축복임을 느끼게 됩니다. 아내가 투병 생활을 이겨 낼 수 있었던 것도 신앙의 힘을 빼고는 설명하기 어렵습니다. 나이가 들수록 영혼의 의지처가 있다는 사실이 그렇게 든든할 수 없습니다. 최근에는 신학 공부를 체계적으로 하고 싶은 마음에 훗날 은퇴하면 신학원을 다닐까 하는 소망도 품게 되었습니다.

성당에 다니며 얻게 된 많은 유익 가운데 하나는 사람들과의 교류였습니다. 사람 좋아하는 성격은 성당에서도 똑같았습니다. 그렇게 알게 된 분 가운데는 70~80년대 아름다운 시로 우리를 위로해 주던 이해인 수녀님도 계셨습니다.

아내와 저는 어느 해 여름휴가 때 시간을 내서 부산으로 내려갔습니다. 우리의 행선지는 부산 성베네딕도수녀원이었습니다. 이곳에는 글방이라고 부르는 이해인 수녀님의 개인 공간이 있습니다. 글도 쓰고 책도 읽는 자그마한 방인데 얼핏 보면 아담한 출판사 사무실 같습니다. 책상 위에는 책, 노트, 필기도구, 화분 등이 깔끔하게 정리되어 있고, 메모판과 벽에는 붓글씨로 시구절을 적은 종이가 붙어 있습니다. 키 작은 3단 선반에는 장식품과 일상 용품이 빼곡히 자리를 차지하고 있고, CD만 따로 보관하는 장식장도 있습니다. 위압적으로 서 있는 물건은 하나도 없었고, 다들 허리 아래 무릎 아래에서 아기자기하고 소박하게 자기 자리를 지키고 있는 그런 방이었습니다. 그리고 그 방을 꼭 닮은 주인이 우리를 반겨 줍니다. 1945년생인 이해인 수녀님은 여전히 소녀같이 해맑은 얼굴이었습니다.

수녀님은 주로 수녀원 생활 이야기를 들려줬습니다. 또 그녀의 따뜻한 시에 감동받았던 전국의 많은 분이 찾아온 이야기도 하나씩 풀어 주셨죠. 어떤 화제를 입에 올리든지 수녀님의 말씀은 정감 어리고 포근한 느낌이었습니다. 저 역시 위로받고 격려받는 기분이었습니다.

한 가지 마음이 쓰였던 것은 건강이었습니다. 이해인 수녀님은 2008년 대장암 판정을 받고 수술을 받았던 병력이 있었습니다. 수술은 무사히 마쳤습니다. 지금껏 건강관리도 무난히 해 오신 것 같습니다. 그러나 수술 당시 암세포가 주변으로 퍼진 대장암 3기였고, 또 벌써 일흔을 넘긴 연세였으니 아무래도 걱정스러운 건 저뿐만이 아니었겠지요. 그럼에도 수녀님은 중병을 앓았던 사람이라고 보기 힘들 만큼 천진난만한 얼굴로 암에 대한 화제를 입에 올렸습니다. 왜 힘들지 않았을까요?

2012년 여름 어느 날 이해인 수녀님이 혜민 스님과 만나서 이야기를 나눴던 게 뉴스에 실린 적이 있었습니다. 그때 암 투병의 고통을 어떻게 극복했는지 묻는 질문에 수녀님은 이렇게 답했습니다.

"하루도 죽음을 생각하지 않는 날이 없어요. 하지만 어머니께서 돌아가시고 나서부터 죽음이 친근해졌어요. 지금은 죽어도 괜찮다는 마음입니다. 굉장히 평온해요. 이렇게 명랑하게 투병할 줄 실은 저도 잘 몰랐어요. 이왕 제게 온 암을 미워하기보다 같이 가자, 내 세포들아, 진즉에 잘 돌봐 주지 못해 미안하다, 다독이면서 잘살아 보자, 다짐해요. 그런 마음으로 또 하루를 살았네, 이러다 보니 4년을 견딘 거예요."

만지면 차갑게 얼어붙을 것 같은 낯선 죽음 그리고 죽음에 대한 두려움을 수녀님은 이렇게 내려놓습니다. 그리고 암과 같이 살겠다고 마음을 다집니다.

•

이 정도의 마음일 때 우리는 '가벼움',

아니 나아가 '홀가분함'이라고

부를 수 있지 않을까 싶습니다.

수녀님의 마음은,

국이 펄펄 끓어오르면 함께

둥둥 뜨는 양념들처럼 따끈해 자유로운

그런 시를 닮았습니다.

죽음에 대한 시선의 변화

처음 이해인 수녀님의 암 투병 소식을 듣고는 가슴을 졸였더랬습니다. 대장암 3기라면 이미 주변으로 암세포가 퍼져 있다는 뜻입니다. 실제로 3기 정도 되면 5년 생존률이 30%대로 낮아집니다. 객관적 수치만 따지면 절대 쉬운 치료 과정이 아닙니다.

언론에 발표된 자료를 보면 2008년 6월 성당 강연을 마치고 몸에 이상 증세를 느낍니다. 이튿날 내시경검사를 받고 직장암 확진 판정을 받았죠. 종양은 5센티미터까지 자란 상태였고 림프절로 전이가 이뤄져 있었습니다. 30센티미터 장을 잘라 내는 수술을 받고 수십 회에 달하는 방사선치료까지 받았습니다. 다행스러웠던 점은 항암 치료 부작용이 거의 없었다는 점입니다. 탈

모나 피부 발진이 나타나지 않았죠. 하지만 마음까지 평온했던 건 아니었을 겁니다.

"화가 나거나 의심이 들진 않았어요. 그저 암이란 한마디에 눈물이 핑 돌더라구요."

기자와의 인터뷰에서 수녀님은 당시 심정을 이렇게 회고합니다. 나쁜 일이 닥치면 '왜 하필 내게 이런 일이?' 하고 화를 내는 사람이 있습니다. 오진 가능성을 무시할 수 없는 데다 심리적으로 거부하는 경우도 종종 있기 때문에 '진짜 암이 맞아?' 하고 의심하는 사람도 있습니다. 그런데 수녀님에게는 그런 마음이 없었던 모양입니다.

이 대목을 읽으면서 저는 수녀님의 깊이를 느꼈습니다. 똑같은 일을 당해도 받아들이는 사람에 따라 사건의 의미는 달라집니다. 어리고 나약한 사람은 하늘을 원망합니다. 그런데 성숙한 영혼에겐 화나 의심이 없습니다. 누굴 탓할 일이 아닙니다. 벌레 먹은 백합 한 송이가 안쓰럽듯이 그저 병든 육신이 슬플 뿐입니다.

건강하고 담백한 마음이 시심詩心이라는 생각이 들었습니다. 그에 반해 일상의 우리는 투박한 감정의 통나무에 채색을 가합니다. 마음을 들키고 싶지 않아 파랗게 칠하기도 하고, 사태를 거부하고 싶어 검게 칠하기도 합니다. 본래 붉은 한 조각의 마음이었는데 나중에는 남의 깃털로 치장한 까마귀처럼 얼룩덜룩해집니다. 잘 빗어 윤이 나야 할 감정의 결이 도리어 헝클어져 있을 때 인생의 짐은 두 배 세 배 더 무겁게 변합니다. 감정의 복잡함은 사태를 받아들이는 내 어깨를 짓누르며, 동시에 우리를 타고난 시인의 자리에서 떨어뜨려 멀리 욕심쟁이나 사기꾼 근처로 이동시킵니다.

혹처럼 붙어 다니는 짐들만 덜어 내도 한결 들기가 수월해집니다. 수녀님은 시를 통해 툭툭 털어내고 가벼워지는 데 도가 트신 분 같습니다. 그런 마음이어서인지 죽음을 수용하는 태도 역시 배우고 싶을 만큼 의연합니다.

•

저는 어떻게 죽음이 친근해졌는지
수녀님의 마음을 짐작키 어렵습니다.
아마도 여기에 신앙의 힘이
있겠다 싶은 정도로 추측해 봅니다.
그럼에도 제 수준에서 한 가지 힌트를 얻는다면

어머니의 평온한 얼굴을

봤기 때문이 아닐까 싶습니다.

육체적 죽음을 맞이하는 어머니의 얼굴은 제가 예상하던 그 모습이 아닙니다. 애를 쓰며 비티는 모습이 아닙니다. 고통 속에서 울부짖는 얼굴이 아닙니다. 더는 힘든 일이 없는 곳으로 간다는 생각 때문인지 어머니의 표정은 모처럼 차분하고 편안합니다. 꼭 단잠에 빠진 얼굴 같습니다.

죽음이 어떤 과정인지 잘 모릅니다만, 한 가지는 분명합니다. 생각만큼 고통스러운 게 아니라는 것. 영화나 드라마와 같은 매체에서 접하는 죽음의 모습 때문에 잘못된 이미지를 갖고 사는 건 아닌지 모릅니다. 총 맞아 죽고, 불에 타서 죽고, 독을 삼키고 목을 부여잡으며 죽습니다. 억울해서 눈을 못 감고, 아직 해야 할 일이 남아서 눈을 못 감습니다. 극적인 효과를 위해 감독들은 죽음의 순간을 더욱 길고 고통스럽게 클로즈업합니다. 그런데 직접 체험한 가장 가까운 분의 죽음은 다른 색채를 띠었습니다. 잠자듯 편안히 눈을 감은 모습을 보노라면 어느 결에 죽음이라는 무서운 단어 옆에 편안한 잠이라는 단어가 찰싹 붙습니다. 의미가 달라지면서 색채도 바뀝니다. 차갑기만 할 것 같은 검정색이 어쩌면 온기를 품고 있는 건 아닐까 싶습니다.

암을
친구 삼아

서양의학에는 없는 개념 가운데 하나가 극약입니다. 한의학에서 말하는 극약이란 평소에는 먹으면 독이지만 특정 질병에는 약효를 보이는 약재를 말합니다. 극약처방이란 평소라면 절대 쓰지 말아야 할 재료를 약으로 쓴다는 뜻으로 특단의 대책을 말하는 것이죠. 이 개념이 암시하는 것은 본질적으로 나쁜 것은 없다는 것입니다. 어쩌면 이게 동양과 서양의 차이 가운데 하나일 것 같기도 합니다.

예컨대 동양에서는 환경에 어울리는 것을 선, 환경에 어울리지 못하는 것을 악이라고 봅니다. 그 관점에서 우리는 극약의 의미를 이해할 수 있죠. 반면 서양에서는 선은 처음부터 선이요, 악은 끝날 때까지 악의 성질을 갖고 있는 것이라고 말합니다. 대신 어떨 때는 선이 되기도 하고 어떨 때는 악이 되기도 하는 것을 서양에서는 연금술이나 디오니소스, 신비주의라고 말하며 비주류로 삼고 있죠. 그런데 시에 반드시 필요한 게 있다면 그게 연금술입니다. 일상의 먼지를 뒤집어쓴 채 단단히 굳어진 낱말에 생기를 불어넣어 살아 있게 만드는 것이 시인이 하는 일이니 그들에게 연금술은 늘 가까이 해야 할 마술 지팡이와 같습니다.

이해인 시인도 그와 같이 죽음을 긍정적인 무엇으로 바꿉니다. 전날 스티브 잡스가 죽음의 긍정성에 대해서 이야기한 적이 있는데 그는 죽음이 있기 때문에 새로운 것이 태어날 수 있다는 세대적 관점에서 죽음을 긍정합니다. 그러나 이해인 수녀님은 지금 이 자리에서 죽음을 긍정성으로 바꿉니다. 죽음을 내 옆자리에 놓고도 살아갈 수 있다고 말하고 있습니다. '죽음이 친근해졌다'는 의미겠지요.

죽음이 친구가 되었는데 암인들 친구가 되지 못할 리 없습니다.

함께 암 투병을 하던 몇몇 분이 있었습니다. 탤런트나 소설가 혹은 같은 종교계에 계셨던 분들이었는데 이들은 끝내 암을 이기지 못하고 세상을 하직했습니다. 서로에게 힘이 되려고 종종 만나기도 하고 암에 좋은 게 있다며 구입을 권유받은 것도 있다고 합니다. 무엇이 이해인 수녀님과 이들의 앞길을 다르게 만든 것일까요?

수녀님 이야기에 따르면 본인은 병원 치료를 꾸준히 받았던 것과 암과 공존하겠다는 마음가짐 딱 두 가지를 꼽습니다. 물론 이 밖에도 우리에게 알려지지 않은 사실들이 있을 겁니다. 암의 종류나 유전적 특성에 대해서는 모릅니다. 그러므로 일반화시켜서 말하기에는 곤란한 점이 있으며, 특히나 병과 관련된 이야기는 아님을 밝힙니다. 따라서 이 글이 섣부르게 암을 치유하는 방법처럼 보이지 않기를 바랍니다.

대신 제가 이야기하고 싶은 건 행복에 가까워지는 삶의 자세입니다. 제가 본 이해인 수녀님은 암을 적대시하지 않고 동반자로 살아갔습니다. 인생을 낙천적으로 살고 계셨고, 재발 위험이 없는 게 아닌데도 여전히 책도 쓰고 강의도 활발히 다니셨죠. 병력을 모르고 만나면 전혀 암 환자가 아닌 것처럼 보입니다. 그럼에도 늘 즐거워 보이고 늘 해맑았습니다.

•

다른 모든 짐은 다 내려놓아도
자기 목숨에 대한 애착만큼은
쉽사리 내려놓을 수 없는 게 사람일진데
일흔 넘은 이해인 수녀님은
소녀 같은 얼굴로 그 무거운 짐을
살짝 내려놓은 채
매 순간을 젊게 살아가고 있습니다.

저에게는 그게 참 충격이었습니다.

불안함 껴안기

금오공고 1기 선배들의 40주년 기념집 『농담과 여백』에는 다음과 같은 시가 한 편 수록되어 있습니다. 제가 『농담과 여백』에 관심을 갖고 끝까지 읽은 계기가 되었던 글이기도 합니다.

「붉게 타는 단풍은 5월의 꽃보다 아름답다」

– **지용 이재섭**

지난 계절 장엄한 녹엽이었거나 유약한 연초록 이파리였거나
그게 무슨 상관이랴, 생의 마지막 빛깔을 빚어내는 지금.
어떤 나무에 붙어 있었건 그 자리서 제 소임을 다한 것 아니냐!

이제 심장에 불을 질러 그 불꽃으로 온 산야를 뒤덮을 때다.
일렁이는 바람에 가슴을 열고 애타는 노래 혼신으로 합창할 때다.

계곡에 서풍이 불면 아무 소리 없이 가지에서 자신을 분리할 것이다.
양지를 바라지 않고 본체 둘레에 내려앉아 아픈 뿌리를 덮는 이불이 될 것이다.
고운 수분을 흡수해 몸을 삭이고 제 뿌리에 스미어 새 봄을 기다릴 것이다
아, 일찍이 푸른 이파리에 이리도 붉은 뇌관을 심어 두신 그분은 누구신가!
온 산야에 처연한 산불을 놓고 붉게 타는 단풍은 5월의 꽃보다 아름답다.

아까 만났던 이해인 수녀님의 이야기와는 어조가 다른 시입니다. 이해인 수녀님의 말씀이 여성적이며 수용적이라면 이 시는 남성적이며 결연합니다. 그러나 맥락은 같습니다. 이 시에서는 '분리'라는 단어로 표현하고 있습니다만 이 역시 내려놓음, 가

벼워짐과 밀접한 관련이 있죠. 분리에 대한 두려움을 내려놓고 바라보자 단풍이 붉게 타 들어갑니다.

때로 우리는 삶의 환승역에 이르렀다고, 지금껏 익숙했던 옷을 벗고 낯설고 어색한 옷을 입어야 한다고 그게 불행의 시작인 양 말하는 사람들을 만납니다. 그러나 저는 그 주장에 동의하지 않습니다. 우리의 과거 옷이 그때는 멋있고 잘 맞았을지 모르지만 이제는 색을 갈아입을 때가 된 것이죠. 가을이 깊어지도록 파랗기만 한 은행잎은 보기 불편합니다. 노랗게 물든 잎은 설혹 낙화를 앞두고 있더라도 아름답습니다.

가야 할 때가 언제인가를
분명히 알고 가는 이의
뒷모습은 얼마나 아름다운가

– 이형기, 낙화

미학이라는 학문이 있습니다. 아름다움을 연구하는 학문입니다. 학문의 연구 내용을 짐작해 본다면 그림이나 문학에서 표현한 아름다움의 본질을 추구할 것 같습니다.

우리는 학창 시절 여러 아름다움에 대해서 배웠습니다. 풍자적인 어떤 아름다움은 골계미滑稽美라고 부르고, 비도덕적인 아름다움은 퇴폐미頹廢美라고 부릅니다. 비장미라는 것도 있고, 지성미라는 것도 있습니다. 사실 모든 관념에 '미'를 붙일 수 있을 것처럼 보입니다. 취향에 따라 개성에 따라 사람이 느끼는 아름다움은 천차만별이기 때문에 벌어지는 현상일 수도 있습니다. 그럼에도 미의 본질 가운데 손꼽히는 것이 있다면 그것은 찰나미입니다. 영원하지 못하기 때문에 느끼는 아름다움입니다.

이해인 수녀님이 "지금은 죽어도 괜찮다는 마음입니다. 굉장히 평온해요"라고 말씀하신 것이나 이재섭 선배가 '붉게 타는 단풍은 5월의 꽃보다 아름답다'고 외친 것이나 이형기 시인이 '뒷모습'의 아름다움을 읊은 것이나 모두 찰나적인 삶을 노래하고 있습니다. 어디 이뿐이겠습니까?

결연히 용기를 내든 육체적 죽음과 친근해지든 깨달은 진리 그대로 삶을 받아들이든 우리는 공허해짐과 부딪쳐 이를 긍정적인 언어로 바꿔야 합니다. 때로 우리 삶은 너무 무거워 곧 쓰러질 것처럼 느껴질 때가 있었습니다. 그러나 이제 중력의 힘을 빼앗길 나이가 되어 우리는 불안정함을 받아들이지 못하고 불안에 흔들리고 있습니다.

만일 육체를 가진 우리가 도달해야 하는 최종 목적지가 무중력의 어느 시간이라면 불안은 삶의 본질일 수 있습니다. 더 기댈 곳이 없어서 흔들리는 삶이 나의 이 두 다리 아래에 넓게 열려 있을 수 있습니다. 그럼에도 이 불안을 안고 걸어가라는 것. 존재의 불안감을 껴안으라는 것. 그럴 때 공허함은 사라지고 홀가분한 가벼움이 찾아옵니다. 그와 같은 마음을 종종 '텅 빈 충만'이나 '비울수록 가득 찬다'고 말하는 게 아닐까요?

이제 성장이라는 무게를 내려놓고
성숙이라는 가벼움을 가질 때가 되었습니다.
이제 성과라는 무게를 내려놓고
과정이라는 가벼움을 가질 때가 되었습니다.
이제 능력이라는 무게를 내려놓고
재미라는 가벼움을 가질 때가 되었습니다.
이제 생존이라는 무게를 내려놓고
공존이라는 가벼움을 가질 때가 되었습니다.
이제 보상이라는 무게를 내려놓고
행복이라는 가벼움을 가질 때가 되었습니다.

손에 뭔가를 꼭 쥐고 있는 채로는 다른 무언가를 만질 수 없습니다. 입으로는 행복하고 싶다고 아무리 되뇌도 본인 스스로 문을 막고 있다면 행복은 절대 들어오지 않습니다. 가벼움과 친해질 시간입니다.

Chapter 5

너무 작아 눈에 띄지 않던 것들

밤이 되자 사물들이 잠에서 깨어났다.

◆ 알퐁스 도데 ◆

청나라 요술쟁이들이 마술을 끝내는 법

교통과 통신수단이 급속도로 발달한 오늘날에는 전혀 다른 형국이 되었습니다만, 과거 문물이 전파되는 루트를 보면 아시아 대륙의 끝에 있는 한반도는 늘 중국을 거쳐 새로운 것을 받아들이곤 했습니다. 육로의 형태를 보면 충분히 그럴 법한 것도 한 가지 이유입니다만, 여기에는 더 중대한 이유가 숨어 있는 듯합니다. 하나의 중국이라는 말이 무색하게 중국은 생각보다 다채로운 성격을 갖고 있으며 새로운 것을 받아들이는 데 능하다는 점입니다. 마치 천하의 계곡이라도 되는지 중국에는 새로운 문물이 많이 흘러들었습니다. 산이 클수록 산에 기대어 사는 생물의 종류가 많듯이 중국이라는 거대한 땅에는 다양한 학문과 기술, 삶의 방식이 공존해 왔습니다.

그 가운데 영향력이 크고 지배적인 위치를 가졌던 몇몇 사상과 학문 등이 한반도로 유입되면서 꽃을 피우곤 했습니다. 중국이 불교를 탄압하며 선종의 명맥이 끊긴 가운데 한반도에 불교가 꽃을 피우게 되었고, 중국에서 유교가 국가철학으로서 지배적 위치를 잃은 뒤에 한반도에 유교가 한 시절을 이끌어 오기도 한 것이 좋은 예지요. 한반도가 성숙의 땅이었다면 과거의 중국은 아직 그 꽃이 어떻게 필지 모르는, 잡초조차도 일단 싹을 틔우는 풍토였습니다.

압록강을 건너면서 시작된 박지원의 중국 답사기 『열하일기』에는 잡기 중의 하나인 마술과 관련된 이야기가 등장합니다. 청나라 황태자의 생일인 천추절을 앞두고 연습 중이던 요술 패거리의 놀음 장면이었습니다.

요술쟁이가 코딱지만 한 환약을 손가락으로 비벼서 점점 커지게 만들고, 기둥 뒤로 양손의 엄지를 묶은 뒤 감쪽같이 기둥을 탈출합니다. 계란을 목구멍으로 넣었다가 귀로 뽑아내고 무시무시한 칼을 목구멍으로 집어넣습니다. 마술의 원리는 가문의 비법이고 마술을 볼 기회도 드물었던 까닭에 현지 중국인에게도 이처럼 놀랍고 신기한 광경은 없었을 것 같습니다. 더욱이 멀리 조선에서 건너온 박지원의 눈에는 어떻게 보였을까요? 당시 조선은 유교적 엄숙주의에 따라 사회가 위아래를 구분하고, 천한 것과 귀한 것을 나누고 있던 시절이었습니다. 그런데 청나라는 지위고하를 막론하고 마술을 즐깁니다. 다채로운 학문과 기예가 수평적으로 존재합니다. 박지원은 왜 천자의 나라 중국에서 마술을 즐기는지에 대해 이렇게 설명을 덧붙입니다.

"중국 땅이 커서 넉넉하고 끝이 없어 이런 것도 길러 내므로, 정치에 병이 되지 않기 때문이지요. 만일 천자가 소심하게 이런 것을 자로 재고 깊이 추궁한다면 도리어 깊숙한 곳에 숨어 살다 때때로 나와서 세상을 흐려 놓을 겁니다. 그렇게 되면 천하의 근심이 더 커질 겁니다. 날마다 사람들이 장난 삼아 구경하게 하면 아낙네나 어린이까지도 이것을 요술로 알게 되어 마음과 눈이 놀라지 않을 테니 이게 바로 임금된 자가 세상을 다스리는 방법이 아니겠소."

이런 생각이었기 때문인지 박지원은 요술쟁이가 마술을 끝내는 방식에 깊은 호기심을 보입니다. 아이의 입에서 청개구리를 토하게 하고, 새를 부리고, 물 항아리에서 분수처럼 물이 솟구치게 하고, 고리를 이었다 떼었다 하면서 사람들의 혼을 쏙 빼놓을 무렵, 요술쟁이는 드디어 마지막 마술을 준비합니다. 이 순간을 박지원은 다음과 같이 묘사하고 있습니다.

"요술쟁이가 큰 동이 하나를 탁자 위에 놓고, 수건으로 깨끗하게 닦았다. 붉은 옷감으로 위를 덮고서 장차 무슨 요술을 시작하려고 하는데 품속에서 접시 하나가 쨍그렁하고 땅에 떨어지면서 붉은 대추가 흩어졌다. 여러 사람이 모두 웃자 요술쟁이도 웃었다. 그러고는 그릇과 도구를 주워 담은 뒤에 이내 놀음을 끝냈다. 이는 재주가 없어서 그러는 것이 아니다. 날이 저물어 어차피 끝내려고 했으므로 일부러 들통을 내어 여러 사람에게 본래 이 놀음이 거짓임을 보여 준 것이다."

긴장감과 놀라움, 우리의 눈을 속이는 마술은 이렇게 스스로 파괴됩니다. 요술쟁이들은 자신들의 환술이 그저 유희거리에 불과하다는 사실을 만천하에 공개합니다. 그들은 마술에 대한 철학을 갖고 있습니다. 버거운 하루하루의 삶과 메마른 현실에서 잠시 숨 쉴 틈을 마련해 주고, 동시에 다시 일상으로 복귀할 수 있도록 마술 쇼를 구성하고 있는 것이죠.

손에 땀을 쥐게 하던 그들의 마술은 접시가 깨지는 동시에 함께 사라집니다. 관객들은 허탈한 웃음을 지으며 일상으로 돌아갑니다.

•

마술과 현실이 서로의 경계를 타고 넘는 게
이토록 자연스런 경우가 또 어디 있을까요?
나아가 부귀영화의 화려한 꿈이 사라진 자리에
남아 있는 일상이란 무엇일까요?

인생은 멀리서 보면 비극이지만 가까이서 보면 희극이다.

– **찰리 채플린**

채플린의 방법은 약간 다릅니다. 청나라 요술쟁이들이 무시무시한 칼과 깨진 접시를 대비시키며 우리를 일상에서 환상으로, 다시 환상에서 일상으로 안내할 때 채플린은 원근법을 꺼내 듭니다. 같은 장면이어도 바라보는 위치에 따라서 진지한 비극이 되기도 하고, 때로는 가볍게 웃어넘길 수 있는 희극이 됩니다. 채플린 식을 따른다면 우리는 인생을 향해 점점 다가가고 있는 셈인지 모릅니다. 멀리서 봤을 때는 무겁고 중대한 사건으로 점철된 것처럼 보였지만 조금씩 가까워지는 지금, 인생이란 그렇게 슬퍼할 일이 아닙니다. 젊은 나를 다그치던 그것이 가까이서 보니 사소한 일상에 불과합니다.

아이의 시선에서 바라보면 어른들의 진지한 표정은 이해하기 곤란할 때가 많습니다. 밥을 먹다가도 업무를 이유로 뛰쳐나가거나 학교 성적 이야기를 하며 분위기를 무겁게 만드는 어른들이 이해되질 않습니다. 왜 이 맛있는 음식을 즐기질 못하는 걸까? 왜 이 식사 시간에 집중하지 못하는 걸까? 가까이에 있는 음식은 “나 좀 맛봐 줘!” 하고 신나게 외치는데 왜 어른들은 너무 멀어서 눈에 보이지도 않는 어떤 일 때문에 스트레스를 받고 있는 걸까?

다시
아이가 된다는 것

아이들은 뛰어난 관찰자입니다. 이 키 작은 관찰자들은 어른 눈에 띄지 않는 작은 세계를 너무도 쉽게 발견합니다. 하나의 작은 세계를 발견한 아이들은 곧 입을 다물고 무한한 호기심에 사로잡힙니다. 조금 더 용기 있는 아이들은 손을 뻗어 만지려고 하고, 조금 더 조심스러운 아이는 쪼그려 앉은 채 시선으로 사물을 어루만집니다. 『파브르 곤충기』가 어린 파브르의 이야기에서 시작하듯이 개미의 생태를 발견한 최초의 사람은 어쩌면 아이들인지도 모릅니다. 마루 장식장 바닥에 숨어 있던 동전을 찾는 사람도 아이일 때가 많습니다. 이 호기심 많은 사람은 자신보다 더 작은 세계를 바라보며 경탄에 사로잡힙니다. 어항 속의 금붕어가 지느러미를 살랑살랑 흔들고 지나가면 아이는 입을 헤벌린 채 눈으로 물고기의 자취를 쫓습니다. 중력을 거슬러 수중에 떠 있는 물고기는 아이들이 신기해 하는 사물 가운데 하나입니다. 어디서 찾아냈는지 모르는 해묵은 옛 물건을 들고 와서 엄마에게 보여 주는 것도 아이들입니다. 네 발로 기어 다니며 숨어 있는 세계를 발견하는 데 아이들만큼 뛰어난 사람도 드뭅니다.

그런데 엄마는 아이의 손에 들린 물건이나 아이의 신기해 하는 눈동자보다 그 물건에 묻은 먼지가 더 걱정입니다. 뒤집기를 하고, 배밀이를 하고, 기어 다니고, 손에 잡히는 모든 물건을 입에 넣기 시작하면서부터는 아이에게 유해를 가할 만한 집안 살림에 신경을 쓰기 시작합니다. 날카로운 모서리에 충격 완충장치를 붙이고 잘못 삼킬 만한 물건 따위를 싹 쓸어서 깊숙한 서랍 안쪽이나 손이 닿지 않는 선반 위쪽으로 숨깁니다. 엄마는 보호자로서의 역할에 충실한 나머지 아이의 즐거움에서 한 걸음 물러서게 됩니다. 어떻게 보면 자연스런 현상입니다만, 이제 엄마는 비밀스런 세계로 들어가는 문을 잃어버리게 된 것이죠. 왜 수령 깊은 나무 아래 뚫린 구멍과 토끼가 앨리스라는 어린 소녀의 눈에만 띄는지 어른들은 잘 모릅니다.

우리에게는 중요한 일들이 존재합니다. 우리는 성장하며 상처 입으며 슬퍼하는 가운데 인생에서 중요한 게 무엇인지 깨달았습니다. 그 상처들이 우리를 철들게 하고 우리를 더 중요한 일에 집중하도록 만듭니다. 돈 버는 일, 자녀와 가족의 건강, 사회에서 하는 일은 우리에게 우선순위가 되는 일입니다. 그리고 나머지는? 관심 밖이 되거나 후순위로 밀립니다. 그게 사람의 도리라고 믿으며 사회에 나가 세상과 어울리거나 세상과 맞서 살다가 문득 장난감을 빼앗긴 아이처럼 당혹스런 순간을 맞이하게 되죠. 어느 날 우리는 중요한 일에서 배제된 사람이 됩니다. 아직 손아귀 힘이 있다고 외쳐도 사회는 우리를 중요한 사람으로 바라보지 않게 됩니다. 지하철을 탔는데 누군가 자리를 양보해 준다? 양보받아서 기쁘다고 해야 할지, 노인네로 봐서 서운하다고 해야 할지 갈피를 잡지 못합니다.

저는 이 시점이 다시 우리가 어린아이와 같아질 수 있는 좋은 때라고 생각합니다. 중요한 일이 사라지면 그때 우리에게 남는 건 뭘까요? 시시한 일? 회사의 1년 매출이 달린 중요한 프로젝트를 마치고 나서 일상적 업무로 복귀했을 때 대개 우리가 느끼는 감정은 후련함과 동시에 아쉬움입니다. 일상으로 돌아왔지만 마음은 여전히 빅 프로젝트에 가 있는 일도 흔합니다. 마음이 싱숭생숭해져서 일이 손에 잡히지 않을 때도 있죠. 다행히 성과가 잘 나와서 며칠 휴가라도 받았다면 바람도 쐴 겸 인근으로 여행을 다녀오고 싶어집니다. 그런데 중요한 일을 더 이상 할 수 없는 상태가 되면 그 감정은 잠깐의 휴식이나 재충전이 아니라 허탈감으로 이어집니다. 내 인생의 황금기는 지나가 버린 것 같고, 퇴물이 된 것 같습니다. 그런데 놀라운 호기심을 갖고 있는 사람이라면 큰 게 사라진 자리에 남아 있는 작은 것에 눈을 뜨게 되겠죠.

인류의 역사가 발전의 형태를 띠고 있다는 전제에서 본다면 세상은 늘 과거의 신화를 파괴하며 새로운 시대를 열어 가는 방식으로 진행되었습니다. 대개는 과거의 신화를 대체할 새로운 권력의 등장이 필요했습니다. 왕 씨 가문이 몰락한 뒤 이 씨 가문이 들어선 것처럼 자리를 차지하는 주인만 바뀌었고, 그 자리는 늘 권력의 중심으로 자리했습니다. 그런데 최근의 추세는 권력의 해체로 방향을 선회했습니다. 왕의 시대, 영웅의 시대가 저물자 역사는 일반인을 주목하기 시작했습니다.

마찬가지로 내 인생의 왕으로 군림하던 것이 사라진 자리에 무엇이 남을까요?

●

왕처럼 모셨던

회사 성과나 자녀 양육이라는 중요한 가치가

사라진 자리는 우리가 몸담고 살았으나

별로 눈에 띄지 않았던 것들,

즉 일상이라는 가치가 차지합니다.

다시 아이의 시선이 되어

일상과 마주해야 할 시간이 찾아옵니다.

작은 것의 발견입니다.

말없는 사물들이 전해 오는 침묵의 언어

멀리 바라보고 걷는 자에게 눈앞의 작은 돌부리는 문제되지 않는다고 공자는 이야기합니다. 이 말을 뒤집어 보면 멀리 바라보고 걸을 게 없어지면 눈앞의 작은 돌부리에 자꾸만 발이 채이고 넘어진다는 뜻이겠지요?

더 이상 멀리 바라볼 게 없어지면 우리 시선은 자연스럽게 주변으로 돌아옵니다. 예전에는 '풍경'이라는 이름 안에 갇혀 있던 사물들이 드디어 자기 색채와 자기 목소리를 내면서 우리에게 말을 걸어오죠. 풀 한 포기나 나무 한 그루에 시선이 머물기도 하고, 지나가는 고양이 한 마리가 유달리 눈에 띄기도 합니다. 도심을 벗어나자 고층 건물이 사라지고 하늘이 활짝 열리는 데 그 모습이 장관입니다. 충청도 어느 지역의 도로를 달리다가 까마귀 떼가 전선 위에 새까맣게 앉아 있는 모습을 보며 이 새들은 어디서 먹이를 구할까 궁금해지기도 합니다. 쏟아지는 햇살을 받으며 피부를 간질이는 그 느낌을 가만히 즐깁니다. 검정 패딩을 입은 중고생들의 모습이 새삼 눈길을 끌기도 합니다. 어느 어르신이 입고 있는 스웨터의 붉은색에 시선이 머물기도 합니다. 작게 피어난 등산로의 어느 노란 들꽃이 발걸음을 붙잡기도 합니다.

●

예전에도 분명 봤을 것이고,
지금 이 순간에도 어딘가에 있는 풍경들이
'풍경'이라는 감옥을 뛰쳐나옵니다.
말없이 그 자리를 지키던 사물이
빛깔로, 온기로, 모양으로 자신을 드러냅니다.
때로 마구 소리를 지르는 듯이 느껴집니다.
옹기종기 모여 있는 민들레가
"저 여기 있어요!" 하고 부릅니다.
붉고 푸른 하늘빛이 가만히 미소 짓는 듯합니다.

세상은 말없는 사물들의 소리로
가득 채워지기 시작합니다.
사물들이 잠에서 깨어납니다.

날아가는 기러기를 보며 고향을 떠올리는 어느 시인이 생각납니다. 시인은 그저 자기 마음을 비유적으로 표현하느라 기러기를 빌려온 것이 아니라 기러기의 날갯짓에서 어떤 소리를 들었던 것이겠지요. 메모지에 적혀 있는 어느 친구의 글씨체를 보면서 그가 살아왔던 삶의 흔적을 읽어 냅니다. 삶의 이력이 순탄치만은 않았던 그 친구는 다소 삐뚤거리지만 크게 적은 글씨를 통해 자신이 어려움을 어떻게 이겨 냈는지 말없이 보여 줍니다. 오래 찌푸려서 깊게 주름진 어느 친구의 얼굴에서 웃음 뒤에 가려진 그의 고된 시절을 읽어 냅니다. 기계를 오래 만진 까닭에 두껍고 거칠어진 친구의 손을 마주잡으며 그가 묵묵히 한 길을 걸어왔음을 알아차립니다.

영어로 에이징aging, 즉 낡음이란 게 낡음이 아니라 그와 오랫동안 함께했던 색채임을 알게 됩니다. 무엇이 옳고 그르며, 무엇이 성공이고 실패인지는 하등 중요하지 않습니다. 세월에 씻긴 상처 자국과 표정, 성대를 울리며 퍼져 나오는 음성에서 이미 그를 느낍니다.

소리와 형태와 색깔과 질감은 그의 지위나 명함보다 더 그를 잘 보여 줍니다. 말없는 사물이 자신을 드러내는 것은, 단지 길가의 풀 한 포기뿐 아니라 제 오랜 지인들이나 제 주변의 사람들 그리고 앞으로 만나는 모든 사람도 마찬가지입니다. 작은 손짓 하나, 사소한 걸음걸이 하나까지 자신을 감출 수 있는 건 없습니다. 사물이 사람과 자연으로 확대됩니다. 그런 마음으로 월산대군의 시를 듣습니다.

추강에 밤이 드니 물결이 차노매라
낚싯대 드리우니 고기 아니 무노매라
무심한 달빛만 싣고 빈 배 저어 오노매라

'무심하다'는 단어 빼고는 월산대군의 심리를 드러내는 표현은 없습니다. 그의 감각에 와닿는 소재밖에 없습니다. 그런데도 그가 이런 시를 지을 수 있었던 것은, 말없는 사물이 자신을 드러내 보인 탓이겠지요. 그는 더 이상 자기 배 인생에 아무런 물고기도 실을 수 없다는 사실을 알게 되었고, 그때 비로소 가을 강의

밤낚시 풍경이 들려주는 이야기에 귀를 기울인 것이겠지요.

말없이 들려오는 사물, 사람, 자연의 이야기에 귀를 기울이는 것이 우리가 작은 것과 관계를 맺어 가는 방법입니다.

손자가 막걸리를 흔들어 줄 때

지인 중 막걸리를 좋아하는 분이 있습니다. 이분은 본인의 음주 습관 때문인지 아래 직원들과 회식할 때도 원칙을 꼭 지킵니다. 첫째, 막걸리 없는 집은 가지 않습니다. 둘째, 직원들에게는 자기가 먹고 싶은 술을 직접 고르게 합니다. 셋째, 술은 각자 따라 마십니다. 그리고 마지막으로 술자리는 1차로 끝냅니다. 물론 술자리 사고 예방을 위해서 이렇게 하는 것이겠습니다만, 제가 눈여겨보는 건 직원들의 술 취향을 배려하는 그의 마음 씀씀이입니다.

위계질서를 중시하는 수직적 집단에서는 윗사람이 술의 종류와 마실 양, 자리를 파하는 시간까지 결정하는 경우가 흔합니다. 개인의 사정이나 취향은 무시됩니다. 'SSKK'라고 '시키면 시키는 대로 까라면 까라는 대로'가 각인된 조직에서 흔히 나타나는 현상이죠. 그러나 제 지인은 최소한 술자리에 관한 한 위계보다는 수평적 조화를 선호합니다. 화합이란 다름을 인정하는 데서 시작된다고 말하듯 그는 함께 술을 마시되 양과 종류는 각자가 선택한다는 원칙을 지키고 있죠.

> 어울리되 한쪽으로 치우치지 않는다和而不流.
>
> – **공자**

술자리에서 공자처럼 말하는 이 사람은 얼마 전까지 삼성전자 구미사업장 금형 공장 책임자로 근무하다 최근에는 상근고문으로 자리를 옮긴 김하수 고문입니다. 김하수 고문이 언론에 알려진 계기는 금오공대 명예박사 학위 수여 때문이었습니다. 보통 대학에서 명예박사를 수여할 때는 일정한 관행을 따릅니다. 당대 사회에 크게 기여한 정치인이나 기업가에게 주는 경향이 그것이죠. 후원이나 지원 등의 문제가 걸려 있기 때문에 생긴 관행으로 추정되는데 금오공대 역시 별반 다르지 않았습니다. 그러다 2011년 우리나라에서는 처음으로 공고 출신에게 명예 공학박사 학위를 수여하면서 세간의 관심을 불러왔죠. 당시 금오공대의 원칙은 명확했습니다. 학력을 따지지 않고, 사회적 지위나 명성 등도 배제하기로 합의했습니다. 산업 현장에서 오랫동안 장인 정신으로 성공한 기능인에게 명예박사 학위를 수여하자는 취지였습니다. 이 가운데 한 명이 이동형 반장으로 그는 구미전자공고와 한국 폴리텍VI대학을 나와서 코오롱인더스트리에서 근무하고 있었습니다. 그리고 다른 한 명이 막걸리를 그렇게 좋아하는 김하수 상근고문이었습니다.

그는 기능장 출신으로는 드물게 삼성전자 전무이사직까지 오른 사람이었습니다. 1982년 삼성전자 생산기술연구소에 입사해 16년간 공장 자동화추진 기술을 습득하고 이후 삼성 구미사업장 금형 공장 책임자를 맡으며 자동화 시스템을 개발하기 시작하죠. 금형 기술은 지구상에서 가장 오래된 기술 가운데 하나로 사람의 손길을 필요로 하는 아날로그 기술이었습니다. 그런데 김하수 고문은 장인의 손기술에 의존했던 금형 제작을 완전 디지털화하는 데 성공합니다. 이전에는 금형 제작까지 27일이 걸렸다면 자동화 이후에는 5일로 줄어들며 생산성을 5배 끌어올렸습니다.

그런 뒤 2년쯤 뒤였던 것으로 기억합니다. 2013년 당시 우리나라 정부는 고졸 출신자에 대한 사회적, 기업적 관심을 유도하기 위해 고졸 출신자 가운데 성공한 분들을 청와대로 초청합니다. 당시 행사장을 주재하던 분은 김황식 총리였고, 초청자 목록에는 김하수 고문도 속해 있었습니다.

다음 날 신문 기사가 뜨자 삼성전자 임원진 사이에 이 소문이 빠르게 돌았습니다. 청와대에 초청받은 사람 중에 우리 직원이 있다, 그가 명예박사더라! 회사에서도 뒤늦게 관심을 보였습니다. 이미 실력은 인정받고 있던 분이었습니다. 삼성전자에서 임원 진급은 하늘의 별 따기였지만 그는 상무가 되고 전무까지 승승장구하더니 남들 다 은퇴하는 육십이 넘어서도 상근고문으로 일하고 있죠.

하루는 그가 제게 이렇게 말하더군요.

"나는 애플처럼 큰 기업조차 못 갖고 있는 기술을 갖고 있는 것 같아."

저 역시 금형 공장을 다녀온 적이 있었습니다. 그의 손길을 거쳐 탄생한 금형 공장은 깜짝 놀랄 만한 시설을 갖추고 있었습니다.

흔히 이런 분들을 입지전적 인물이라고 표현하곤 합니다만,

그렇게 놀랄 만한 공을 세운 분이 또 그렇게 소박할 수가 없습니다. 앞서 이야기했듯이 막걸리를 즐기는 그는 지방에 갈 때마다 지역 색이 있는 색다른 막걸리를 챙겨서 먹곤 합니다. 집에서도 종종 막걸리를 마시는 모양인데 최근에는 그의 기쁨이자 행복인 손주 녀석이 할아버지 하는 모양새를 눈여겨봐 뒀는지 앙증맞은 손으로 막걸리를 거꾸로 세워 탈탈 흔들어서 할아버지에게 드린다고 합니다. 그는 그게 그렇게 즐거운 모양입니다.

아마 이 나이가 그런 것인지 모릅니다. 노무현 전 대통령이 퇴임 후 손주 보는 재미에 빠졌다는 그 이야기가 중첩됩니다. 아직 상근고문으로 현역에 있는 그이지만 갈수록 손자가 흔들어 주는 막걸리가 더 행복한 모양입니다.

●

그는 치열하게 살아온 그 시간만큼
앞으로 맞이하는 소박한 일상도
온 힘을 다해 즐겁게 맞이할 것 같습니다.

아내의 즐거움

오십이 넘어서자 아내의 삶에 변화가 생겼습니다. 하나뿐인 아들은 군대 제대하고 학교를 졸업할 때가 가까워지면서 부모의 손길이 필요 없는 든든한 사회인으로 성장했습니다. 반면 양육과 돌봄으로부터 자유로워진 아내는 가끔 해야 할 일을 깜빡하는 경우가 많아졌습니다. 그래서 하루는 가로 1미터 세로 60센티미터짜리 화이트보드 하나를 사 들고 귀가했습니다.

아내는 보자마자 역정을 냈습니다. 치매 노인이냐는 항변이었죠. 이해가 안 되는 일도 아닙니다. 노안이 찾아와서 돋보기를 쓰게 되거나 관절염 때문에 좌식 생활로 변경하거나 지팡이에 의존해야 하는 것과는 비교하기 힘들 만큼 '치매'라는 단어가 주는 압박감은 큰 듯합니다. 나이가 들어서 생기는 단순 건망증이라면 그럴 법하다 하고 받아들일 수 있을지 모르지만 만일 이게 진짜 치매로 이어지면 그때는 자기 정체성의 위기 문제로 확대될 소지가 얼마든지 있기 때문입니다. 저는 아내에게 한번 써 보자고 설득을 했습니다.

화이트보드는 주방 탁자 위에 걸어 뒀습니다. 주방 식탁은 아내의 동선이기도 하고, 우리 가족이 모였다 흩어지는 장소이므로 보드를 걸어 두기에 적당한 장소였습니다. 보드의 상단에는 '세탁'과 '말일 : 세금계산서'라는 글자를 써 뒀습니다. 세탁물이 가장 까먹기 쉬운 일인 데다가 실제로 몇 차례 불편을 끼쳤기 때문이었죠. 그리고 보드 전체에 걸쳐서 다가올 날들의 스케줄을 적었습니다. 몇 월 며칠 무슨 요일에 손님과 점심을 들기로 했다면 '4월 3일 수 : 손님 중식' 하고 표기를 해 두는 식입니다. 주로 아내의 스케줄을 적지만 때로는 서로에게 전달할 이야기가 있을 때도 화이트보드를 이용했습니다. 아들이 함께 영화를 보자는 메시지를 전할 때도 화이트보드가 커뮤니케이션의 장이 되었습니다.

화이트보드에 가장 많이 적히는 내용은 아내의 성당 활동입니다. 가톨릭 집안에서 태어난 아내는 어린 시절부터 성당 활동에 열심이었고, 신학원에 입학해 성경 말씀, 봉사 활동, 선교 활동에 많은 시간을 보냈습니다. 지금은 저녁에 지인들에게 성경 말씀을 전파하는 데 힘을 쓰고 있습니다. 저 역시 성경 공부에 대한 관심이 있었고 또 자녀 양육을 하느라 애를 써 온 아내가 사회 활동에 나서기를 바란 점도 있었죠. 우리는 매일 1시간 이상 선교, 신앙, 성경에 대한 이야기를 나눕니다. 공통 관심사가 생긴 것이죠. 아내는 일상으로의 전환이 정말 잘된 경우라고 생각합니다. 자녀가 조금씩 성장해 가는 동안 신앙에 다가서면서 삶의 균형을 잃지 않게 되었죠.

●

사람에게는 두 가지 큰 게 있는 것 같습니다.
하나는 남의 떡입니다.
남이 갖고 있는 결과물,
타인이 누리고 있는 삶은 커 보입니다.
다른 하나는 제 손에 들고 있는 일입니다.
누구에게나 부여되어 있는 자기 일이 있고,

큰일인 경우가 많죠.
이 일을 크게 여기는 이유는,
그게 성공했을 때
제가 부러워하던 남의 떡을
가질 수 있기 때문일지 모릅니다.

그럼에도 제 손에 든 일을 놓게 되는 시절을 맞이하는 것은 피할 수 없습니다. 설령 남의 떡만큼 큰 떡을 손에 넣지 못했더라도 우리는 '일'을 손에서 놓을 수밖에 없게 되죠. 그때 어떤 부모들은 양육을 내려놓으며, 이제 할 수 있는 것이라곤 그저 부모 마음이 되어 늘 걱정하는 것뿐이라고 말할지도 모릅니다. 부모 마음까지 내려놓을 수는 없겠지만 저는 빈손만 쓸어내리면서 허송세월 보내느니 뭐라도 손에 들어야 한다고 생각합니다. 이를 위해 필요한 게 자기 주변을 돌아보는 것입니다.

우리 집에는 화분이 참 많습니다. 아내가 정성스럽게 길러 온 화분들이죠. 깨끗이 빤 걸레로 푸른 잎을 닦아 주고 물을 주면서 곱게 길렀습니다. 어느 날은 그 화분들이 눈에 띄더군요. 아내의 손길이 닿는 곳에서 피어나는 작은 생기와 즐거움이 보이기 시작합니다.

일상을 수놓고 있는 이 작은 화초들을 보면서 저는 아내가 생명에 대한 관심이 있음을 알게 되었고, 그 관심이 자연스럽게 타인의 영성으로 옮겨 갔음을 깨닫게 됩니다. 아내는 생명을 키우는 데 재능이 있을 뿐만 아니라 그게 자신의 즐거움임을 알고 있었던 것이지요.

나이만 먹은 게
억울했나 봅니다

“해 놓은 건 없는데 나이만 먹었다.”

많은 사람이 한숨과 함께 늘어놓는 이야기 가운데 하나죠. 이런 말도 자주 들립니다.

“살다 보니 나이만 먹었다.”

공연히 바쁘게만 살았다고 억울해 하는 사람도 있고, 재산도 늘리고 자녀도 잘 키웠지만 자기가 하고 싶은 걸 하지 못했다고 억울해 하는 사람도 있습니다. 사실 억울하다고 느끼기 시작하면 지금까지의 삶이 좋다 나쁘다는 별로 중요하지 않습니다.

이게 명약이 될지 모르겠습니다만, 많은 분이 똑같이 말하는 게 배움의 재미입니다.

태어난 모든 것에 성장을 기대하는 건 우리의 본능입니다. 싹이 그저 햇빛을 보려고 고개를 내민 건 아닐 겁니다. 아이도 그저 부모님 기쁘게 하려고 태어난 건 아닙니다. 세상에 나왔다는 말은 자라기 위해서이고, 그래서 성장하는 그 자체에 기쁨이 숨어 있습니다. 육체적 성장은 성장을 멈추고 꺾이는 때가 찾아옵니다. 그런데 마음의 성장은 힘이 닿는 데까지 계속 자랍니다. 이 성장을 돕는 일, 아니 그런 성장 자체가 '배움'의 본질이 아닐까 싶습니다.

지인이 오십을 넘기더니 색소폰을 배우러 다니기 시작했습니다. 재미있다고 합니다. 어떻게 하느냐고 물었습니다.

"회사 프로젝트 진행할 때처럼 죽어라고 배웁니다."

그 대답이 신기했습니다. 취미로 하는 일을 직업처럼 죽어라고 한다?

"그렇게 하지 않으면 재미를 못 붙일 것 같아서요."

그제야 이해가 됩니다.

때로 어떤 이들은 뒤늦게 공부를 시작하면서 '재미있어서 시작했다'고 말합니다. 그런 분들이 분명 더러 있겠지요. 그런데 우리가 해 오던 일이 아닙니다. 어디서 어떻게 재미를 느끼는지 잘 모릅니다. 음식도 먹어 본 사람이 먹는다고 재미도 느껴 본 사람이 느끼는 것 같습니다. 그저 첫 경험의 놀라움만을 재미라고 말한다면 그 재미는 다시 새로운 대상을 찾아야 합니다. 지속적인 재미를 느끼려면 성장은 필수입니다. 죽어라고 해 봐야 합니다. 심심풀이 땅콩으로 하면 안 됩니다.

얼마 뒤 저도 슬슬 뭔가를 준비해야겠다 싶은 마음에 아코디언 카페에 가입했습니다. 사람들과 어울려 연주하는 즐거움을 누리고 싶었던 색소폰을 배우는 지인과 달리 저는 혼자 연주할 수 있는 악기를 배우고 싶었습니다. 그렇게 찾다 보니 아코디언만 한 게 없더군요. 지금은 카페에만 가입한 상태지만 카페 활동을 저만큼 열심히 하는 사람도 없습니다. 아직 악기도 구입하지 않았고 연주하는 방법도 하나도 모르지만 카페 활동만은 제일 열심히 합니다. 이미 카페 내에서는 제가 누군지 관심을 보이는 사람도 많아졌습니다.

물론 글쓰기도 제가 하고 싶은 일 가운데 하나입니다. 저를 돌이켜 보고, 저를 표현하고, 뭔가 만들어 가는 즐거움을 느끼는

데 글쓰기만 한 것도 드물기 때문이죠.

살아오면서 우리에게는 늘 큰일이라는 게 존재했습니다. 다른 일을 미루더라도 반드시 해야 하는 큰일들이 우리의 눈앞에 떡하니 버티고 서서 존재를 과시했습니다. 그 큰 바위가 옆으로 서서히 굴러가기 시작합니다. 바위에 가려서 안 보이던 사물들이 눈에 띕니다. 누군가에게는 그게 취미 생활이요, 누군가에게는 그게 배움입니다. 운동을 새로 시작하려는 사람도 있고, 여행을 떠나고 싶어 하는 사람도 있습니다. 바위를 들어낸 자리에 꿈틀거리며 피어나는 작은 생물들이 눈에 띕니다. 그건 아마도 제가 살면서 하고 싶었으나 시간 없다, 바쁘다, 돈 없다는 핑계로 미루던 것들이었겠지요. 마음은 있으나 물을 주지 않아서 여전히 작고 연약한 이런 관심사들에 이제는 물을 주면서 서서히 키워야 할 때가 된 것 같습니다.

●

눈에 보이지 않던 세상,

눈에 띄지 않던 작은 것들,

그것들이 잠에서 깨어날 때입니다.

Chapter 6

단순함을 찾아서

중요한 일에 종사하고 있는 사람은 일상이 단순하다.
쓸데없는 일에 시간을 쓸 만큼 한가하지 않기 때문이다.

◆ 톨스토이 ◆

아들에게 들려주고 싶은 이야기

여러분은 자녀에게 어떤 교훈을 남기고 싶은가요?

저의 경우 서른 초반인 제 아들에게 전부터 꼭 들려주고 싶은 이야기가 있었습니다. 하나는 준비하는 습관에 대한 것입니다. 이 나이까지 살다 보니 기회란 건 미리 대비하는 자를 위해 마련된 선물임을 알게 됩니다. 제 아이도 미리 준비하는 사람이 되기를 그래서 후회하지 않는 삶을 살기를 바랍니다.

또 하나는 이와 조금 다른, 삶의 복잡성과 관련된 이야기입니다.

삶은 원래 단순합니다. 그저 삶 그 자체가 있는 것이죠. 여기에 우리는 색을 덧칠합니다. 마음의 감기에 걸린 우울증 환자는 삶이라는 공에 검정색을 칠합니다. 신혼의 단꿈에 젖은 여성은 삶이라는 공에 분홍색을 아름답게 칠합니다. 미래가 잿빛으로 가려진 사람은 회색빛의 구름을 그리고, 내일을 기대하고 있는 사람은 파란색 하늘을 수놓습니다. 어떤 이에게 인생은 불공평하고, 어떤 이에게 인생은 공평합니다. 삶이 나아진다고 믿고 열심히 노력하는 사람이 있는 반면 아무리 노력해도 이미 패배가 정해져 있다고 믿는 사람도 있습니다.

같은 인생을 두고 모순된 이야기들이 혼재하는 데는 여러 이유가 있을 것 같습니다. 조건이나 환경이 다르기도 하고 삶을 바라보는 개인의 시선에서 차이가 지기 때문이기도 하겠지요. 삶의 순간마다 세상과 인생을 바라보는 시선이 달라지기도 합니다. 어제는 잔혹한 스릴러였다가 오늘은 흥겨운 코미디가 되고 내일은 우울한 잿빛이 됩니다. 삶은 여러 색채를 띠게 되고 그러다 보면 우리는 삶이 무엇인지 혼란스럽게 됩니다. 우리가 사는 세상은 점점 나아지고 있는 것일까, 아니면 계절이 순환하듯이 덥고 추움이 반복되는 것일까? 우리는 어제보다 나은 내일을 향해 나아가는 것일까, 아니면 하루하루 죽음을 향해 내몰리고 있는 것일까? 내일을 위해 오늘을 희생하는 것이 좋은 삶일까, 아니면 내

일은 내일에게 맡기고 오늘을 즐기는 게 좋은 삶일까? 살아가는 나날이 늘어날수록 삶을 바라보는 여러 시선이 생깁니다. 그리고 욕망이 그 뒤를 쫓습니다. 나는 이런 삶을 살고 싶다고 마음이 외치게 됩니다. 욕망과 현실이 일치하면 좋겠지만 그렇지 못한 게 우리의 삶이죠.

그래서 우리는 때마다 한 번씩 욕망 빼기를 해 봅니다. 그 값이 0이 될 때가 완전한 만족이 되는 순간인데 매번 양수가 등장합니다. 욕망은 단 한 번도 완전히, 완벽히 만족된 적이 없습니다. 이 와중에 현실은 계속 옆으로 달아나고 욕망은 갈수록 커집니다. 욕망 빼기 현실의 값이 갈수록 커집니다. 해결을 요구하는 삶의 문제가 많아집니다.

아내가 쓰러졌을 때도 저에게는 해결이 필요한 여러 일이 있었습니다. 신상품 아이디어를 찾아야 했고, 거래처를 설득해서 기한 내에 납품이 이뤄지도록 해야 했으며, 인력 충원을 위해 발품을 팔아야 했습니다. 마치 문제란 게 질량불변의 법칙을 따르듯 하나가 풀리면 다시 하나가 발생합니다. 어쩌면 삶이란 게 문제를 해결하다가 늙어 가는 과정일지도 모른다는 생각이 들 만큼 일상은 문제로 점철되어 있었죠.

직장 안정성과 승진 그리고 월급 문제, 부동산으로 생기는 문제, 가족 구성원과의 갈등이나 종중 내 싸움 혹은 유산을 둘러싼 다툼, 자녀의 학업과 비행으로 인한 문제, 건강을 잃어서 생기는 문제, 삶의 의욕을 잃거나 자존감 때문에 생기는 심리적 문제, 이성 간에 생기는 문제, 사회에서 만난 지인과의 사소한 싸움까지, 문제없는 사람을 찾기가 힘들 만큼 세상에는 문제가 널려 있습니다. 그리고 우리는 그 한가운데에서 열심히 문제를 치우려고 노력하며 살아갑니다. 심지어 아무리 고민해도 절대 해결할 수 없는 해결 불가능 과제까지 우리를 괴롭힙니다. '해결해야 한다'는 강박관념이 우리 뇌에 자리를 잡게 되죠.

삶의 모습은 하나이지만 바라보는 관점에 따라 삶은 여러 색채를 띠게 되고, 다시 그 관점은 욕망과 현실의 소용돌이 속에서 다양한 문제를 양산해 내고, 최종적으로 이 문제는 우리에게 문제 해결책을 강구하도록 만듭니다. 하나의 삶이 수많은 해결책으로 파생되며 그 수만큼 많은 고통과 노력을 동반하도록 만들죠. 처음 단순함 그 자체였던 삶은 점점 해결해야 할 문제 더미가 되고, 그사이 행복은 문제 더미에 파묻혀 어디에 숨어 있는지, 아니 처음부터 여기에 있었는지 알 수 없는 지경에 이릅니다.

톨스토이의 말을 음미해 봅니다.

'중요한 일에 종사하는 사람은 일상이 단순하다.'

●

우리에게 중요한 일이란
'행복을 손에 넣는 것'입니다.
만일 당신이 행복을 손에 넣기를 원한다면
삶을 둘러싼 복잡한 거미줄을 걷어 내고
일상을 단순하게 만들 필요가 있습니다.

일상의 단순화, 이것이 제 아들에게 들려주고 싶었던 두 번째 이야기입니다.

일상을 단순하게 만드는 방법

"여기 빈 콜라병이 있습니다. 잘 아시다시피 콜라병은 입구가 좁습니다. 『이솝우화』에 등장하는 두루미조차도 부리를 넣을 수 없을 것 같습니다. 그런데 이 콜라병 안에는 살아 있는 새 한 마리가 들어 있습니다. 어떻게 들어갔는지 아무도 모릅니다. 이 유리병을 깨지 않고 새를 꺼내려면 어떻게 해야 할까요?"

문제 해결에 대한 강박은 누구나 다 갖고 있는 것 같습니다. 이를 확인할 수 있는 게 질문입니다. 사람은 본능적으로 질문을 받거나 퀴즈가 나오면 답을 하려고 합니다. 위의 문제 역시 여러분에게 답을 요구하고 있습니다. 드라마도 사실은 문제투성이입니다. 어렸을 때 잃어버린 딸이 있는데 나중에 우연히 성인이 된

딸을 되찾게 되죠. 그런데 알고 보니 진짜 딸은 따로 있습니다. 이럴 때 시청자들은 이 문제가 어떻게 해결될까 궁금해 하며 계속 드라마를 보게 됩니다. TV 프로그램에 여전히 〈1대 100〉과 같은 퀴즈 쇼가 있는 이유는 '물으면 답을 하려는 본능'을 시청자가 갖고 있기 때문입니다. 어쩌면 인간은 대답의 본능을 지닌 동물인지도 모릅니다.

그런데 살다 보면 대답하기 곤란한 질문들이 존재합니다. 아니, 보다 정확히 말하면 정답이 없는 질문들이 있습니다. 미국에서 벌어진 다음 이야기가 그렇습니다.

수십 년 전 경찰 두 명을 사살해 살인죄로 기소된 미국인 A가 있었습니다. 그는 사형을 언도받고 수감 생활을 하고 있었죠. 미국도 사형 제도를 갖고 있습니다만, 주마다 조금씩 달라서 사형 집행을 하지 않는 곳이 더 많습니다. 사형 집행에 대한 부담이 있는 것이죠. 그러다 사형 일정이 잡혔습니다. 그런데 그사이 사형수 A의 건강이 악화되면서 치매기를 보이는 바람에 7시간 전에 집행이 연기되었습니다. 사형수의 건강이 사형 집행과 연관이 있다는 게 얼른 납득할 수 없기는 합니다만, 아무튼 최대한 수형자의 인권을 우선시한다는 차원에서 그랬으리라 짐작해 봅니다.

여러 날이 지나면서 사형수는 건강을 되찾았습니다. 그런데 새로운 문제가 생기고 말았습니다. 이 사형수는 치매가 심해져 기억을 잃고 말았습니다. 의사는 A가 치매 말기 상태라며 진료 결과를 알려 왔습니다. 교도 당국은 혼란에 빠졌습니다. 수십 년 전 자신이 살인을 저질렀다는 사실조차 기억하지 못하는 A를 과연 사형하는 게 옳은 걸까? 이 소식이 전해지자 지역 언론을 필두로 찬반양론이 뜨겁게 부딪쳤습니다.

여러분은 어떻게 생각하십니까? 피해자가 존재하는 한 그에게는 책임을 질 의무가 있으므로 설령 그가 기억을 상실했더라도 사형을 집행하는 게 옳다고 생각하시나요, 아니면 사람의 정체성은 기억에 달린 일이고 기억이 소멸했다면 그는 같은 사람이라고 보기 어려우므로 사형 집행을 하지 말아야 한다고 생각하시나요? 사회적 책임과 개인 정체성 사이에 좁힐 수 없는 문제가 발생했을 때 우리는 어떤 손을 들어 줘야 하나요?

대답 본능을 갖고 있는 사람에게 불편한 순간입니다. 우리가 조금 솔직해진다면 이 문제는 사회 구성원 모두를 만족시킬 만한 해결책이 없다고 해야 할지도 모릅니다. 매번 답을 찾아왔던 게 익숙했던 우리 삶은 답을 하기 어려운 순간에 부딪칠 때 드디어 자기 모습을 드러냅니다.

'인생에 답은 없다.'

삶은 어쩌면 말기 치매 증상을 겪고 있는 사형수의 문제와 같을지 모릅니다. 뭔가 해결책을 요구하고 있지만 100퍼센트 만족시킬 만한 해답이 없습니다. 두 개의 수도꼭지가 새고 있는데 틀어막을 천 뭉치는 하나밖에 없는 형국입니다. 이쪽을 막으면 저쪽이 새고, 저쪽을 막으면 이쪽이 샙니다. 할 수 없이 남은 수도꼭지를 한 손으로 꼭 막습니다. 그리고 우리는 한숨을 푹 쉬며 이렇게 말하죠.

"나는 도대체 왜 이렇게 할 일이 많은 거야?"

마음이 바빠서 손마저 쓸 수 없었던 고대 인도인이 있습니다. '손가락 목걸이'라는 뜻의 앙굴라마라입니다. 그는 어느 스승을 모시며 도를 닦던 착실한 인물이었습니다. 그런데 얼굴이 아름답고 육체가 젊었던 모양입니다. 스승이 멀리 출타 중이던 어느 날 스승의 아내, 즉 사모님이 그를 유혹합니다. 꼭 『구약성경』에 등장하는 요셉과 포티파르 아내의 이야기를 닮았습니다. 앙굴라마라는 사모님의 유혹에 응할 수 없었습니다. 스승의 아내는 화가 나서 그를 모함합니다.

"저자가 저를 욕보이려고 했어요!"

아내의 말을 들은 스승은 의외로 침착했습니다. 나름 사회적 지위도 있고, 제자들을 살펴야 하는 지도자였기 때문에 애써 화를 억눌렀던 모양입니다. 그러나 마음속 깊은 분노까지는 억누를 수 없었죠.

"너는 아주 사악한 죄를 저질렀다. 그런데 죄를 씻을 방법이 없는 건 아니다. 사람을 죽인 뒤 그 손가락을 잘라 목걸이에 꿰어라. 손가락을 백 개 채우면 비로소 너에게 깨달음으로 가는 길이 열릴 것이다."

스승은 앙굴라마라에게 납득하기 어려운 명령을 내립니다. 깨달음을 위해 스승을 의지했던 이 불쌍한 사나이는 졸지에 살인자가 되어야 했습니다. 이때부터 그는 '손가락 목걸이'라는 뜻의 앙굴라마라가 되어 사람을 죽이고 손가락을 자르기 시작합니다. 하나둘 목걸이가 채워집니다. 마흔, 오십 개의 목걸이가 무거워집니다. 팔십, 구십 이제 조금만 더하면 죄를 씻고 회개의 기회를 얻을 수 있게 됩니다. 구십구 개째 목걸이를 채웠을 무렵입니다. 남은 한 사람의 희생자를 찾기 위해 길을 나섰는데 마침 그의 앞에 범접하기 어려운 사람이 나타납니다. 부처였습니다. 그러나 앙굴라마라에게 대수는 아닙니다. 겁먹은 그의 목소리가 울려퍼집니다.

"거기 서라."

부처는 손가락 목걸이를 걸고 있는 그가 누구인지 알고 있었습니다. 부처가 말했습니다.

"나는 이미 멈췄다. 움직이고 있는 건 너의 마음이다."

부처의 일성에 앙굴라마라는 문득 자기 마음을 봅니다. 사모님의 유혹과 스승의 말씀 그리고 너울처럼 일렁였던 그 마음을 따라 사람들을 죽였던 자신의 모습이 번개처럼 빠르게 눈앞을 스쳐 갑니다.

'아, 잠시도 머물지 못하고 그림자를 따라 분주히 움직였던 건 바로 나구나!'

다시 처음 질문으로 돌아갑시다. 질문을 받으면 우리 마음은 그 질문의 그림자를 따라 번잡하게 움직이기 시작합니다. 인생이 던지는 수많은 질문을 따라 우리 마음은 잠시도 머물지 못하고 이리저리 헤맵니다.

●

단순해지는 방법이 여기 숨어 있습니다.
타인 혹은 이 사회나 이 시대가

당신에게 제기한 그 문제를 따라
부화뇌동하지 말라는 것.
풀이를 포기하는 순간,
문제는 힘을 잃게 됩니다.

'콜라병 속의 새를 어떻게 꺼내야 할까?'

만일 그런 콜라병이 있다면 그대로 놓아 두면 됩니다. 억지로 꺼내려고 하다가는 도리어 새가 죽고 말죠. 그런데 생각해 보면 콜라병 속에는 새를 넣을 수 없습니다. 그건 누군가 재미 삼아 만든 문제일 뿐 우리 삶에는 그런 문제가 존재할 수 없습니다. 없는 문제로 골머리를 앓는 것이 손가락 목걸이를 만들면 깨달음에 도달할 수 있다는 이야기와 무엇이 다른가요?

완전하고 싶다면
불완전해져야 한다

볼레로의 작곡가로 유명한 라벨에게는 호기심을 유발시키는 제목의 협주곡이 있습니다. '왼손을 위한 피아노 협주곡'입니다. 이 곡은 1931년 작곡된 것으로 오스트리아의 피아니스트 파울 비트겐슈타인을 위해 만들었죠. 파울 비트겐슈타인은 제1차 세계대전에 참전했다가 오른팔을 잃었습니다. 비트겐슈타인의 스승이었던 요제프 라보는 절망에 빠진 피아니스트를 위해 왼손 연습곡을 만들었습니다. 제자는 스승의 배려에 기뻐하며 다시 피아노 앞에 앉았습니다. 왼손 연주에 자신이 붙은 비트겐슈타인은 당대 작곡가들에게 왼손을 위한 연주곡을 의뢰했습니다. 왼손만 따로 공부한 적이 없던 그들이 자신이 없다며 사양하는 가운데 라벨이 등장합니다.

라벨은 하나의 악장으로 된 〈왼손을 위한 피아노 협주곡〉을 완성했습니다. 처음 이 곡을 접한 파울 비트겐슈타인은 왼손만으로 연주하기에는 너무 버겁다며 변경을 요구했으나 라벨은 하나의 음표 수정도 거부했습니다. 자존심이 강한 비트겐슈타인은 두문분출 여러 달에 걸쳐 연습에 매진한 끝에 〈왼손을 위한 피아노 협주곡〉 연주에 성공합니다. 그리고 이렇게 고백합니다.

"여러 달 연습한 뒤 이 작품이 얼마나 위대한지 알게 되었다."

비트겐슈타인을 절망의 늪에서 건져 낸 사람이 스승 요제프 라보라면, 그를 훌륭한 왼손 연주자로 거듭나게 한 사람은 라벨이었습니다. 그는 두 음악가의 도움과 본인의 부단한 노력으로 오른손이 없는 위대한 피아니스트가 됩니다.

바이올리니스트 이작 펄만에게도 이와 비슷한 에피소드가 있습니다. 그는 소아마비 환자로 지팡이가 없으면 걷지 못하는 연주자였죠. 1995년 뉴욕 링컨센터 에이버리피셔홀에서 공연할 때 일입니다. 이작 펄만이 한창 연주하던 도중 바이올린 줄이 툭 끊어집니다. 보통은 이런 경우 연주를 중단하고 줄을 갈아 끼우거나 예비 바이올린으로 교체한 뒤 다시 연주하는데 이작 펄만은 남은 세 줄로 연주를 이어 갔습니다. 이작 펄만 정도의 연주자가 아니면 불가능한 일이었죠. 연주를 마친 뒤 펄만은 이렇게 말했습니다.

"때로는 모든 조건이 갖춰져 있지 않아 불편할 때도 있지만 지금 제게 남은 것만으로 연주해야 한다는 것을 여러분께 보여 주고 싶었습니다. 그것이 음악가로서 제 사명이자 신조이기도 합니다."

그가 말하는 모든 조건이 갖춰져 있지 않았다는 건 걷지 못하는 다리와 3줄만 남은 바이올린을 의미합니다.

●

오른팔과 바이올린 줄을 잃은 이 두 음악가가
우리에게 던져주는 메시지는 자명합니다.
'내게 주어진 불완전함을 그대로를 받아들여라.'
여기에 한 가지를 덧붙이고 싶습니다.
"불완전함을 그대로를 받아들이는 데서
행복이 시작된다."

인생이라는 단어 앞에 사람들이 종종 붙이는 말이 '꼬인'이나 '고달픈'입니다. '인생이 꼬였다'나 '인생이 고달프다'는 말의 이면에는 내 인생의 불완전함이 너무 싫다는 의미가 암시되어 있습니다. 어디서부터 잘못된 것인지 뒤틀려 버린 내 인생, 뭔가 웅덩이로 빠져 버린 듯한 내 인생! 그것만 채우면 행복할 것 같은데 좀처럼 채울 수 없는 그 빈 조각이 매일 아침 눈을 뜨면 내 가슴을 후벼 팝니다. 조금만 더 공부하면 더 좋은 대학을 갈 수 있을 것 같은데… 조금만 더 열심히 하면 연봉이 오를 것 같은데… 좋은 회사로 이직할 수 있을 것 같은데…. 그 채우려는 마음이 너무 강한 나머지, 나의 지난 노력까지도 다 무의미한 것으로 돌려 버리고 "내 인생은 꼬였다!"라고 외칩니다. 오늘의 부족함을 받아들이고 내일부터 부지런히 살자 하고 다짐하는 것 자체는 아무런 문제가 없습니다. 그러나 오늘의 부족함이 꼭 내 자존심을 뭉개 버리는 것처럼 느껴질 때 인생은 불행 속을 헤매게 됩니다.

사실 불완전함은 사람의 본질적 특성입니다. 완벽한 인간이란 세상에 존재할 수 없습니다. 만일 있다면 그건 신일 겁니다. 대신 사람에게는 성숙이란 것이 있습니다. 이때의 성숙이란 불완전함에서 완전함으로 서서히 이동하는 것을 의미하기도 하고,

최종적으로는 불완전함을 받아들이는 정신적 자세를 의미하기도 합니다. 성숙한 영혼은 자신의 불완전함을 받아들입니다. 누구나 실수를 저지를 수 있으며, 언제든 사고를 당할 수 있으며, 노력에 비해 얻는 게 별로 없을 때도 있음을 압니다. 몸은 때가 되면 노화를 피할 수 없으며, 나이가 들면 정신이 쇠락한다는 사실도 받아들입니다. 육체는 나약하고 소멸할 때가 있음을 알고 있을 때 비로소 인간은 아름다움에 눈을 뜹니다. 그것이 성숙의 특징입니다.

영화 〈바이센테니얼 맨〉에는 자유의지를 가진 로봇이 주인공으로 등장합니다. 주인은 이 로봇이 인간처럼 생각할 수 있다는 사실을 알게 된 후로 그를 해방시켜 줍니다. 로봇은 어린 시절부터 함께 자란 주인의 딸들과 함께 살아가게 됩니다. 자유의지와 사고력, 감정을 가진 이 로봇은 딸을 흠모하게 되고, 인간이 되고 싶었습니다. 로봇의 기계 몸을 벗고 인간의 부드러운 육체를 갖고 싶었던 그는 재야의 과학기술자를 만나서 새로운 몸을 부탁합니다. 기술자는 이렇게 말합니다.

"사람의 얼굴은 비대칭이야. 얼굴이 사실 비뚤어져 있지. 얼굴을 완벽하게 만들려고 하면 할수록 사람에게서 멀어진다고.

그러니까 대충 빗으라고."

수학적 관점에서 비대칭은 아름다움과 거리가 멉니다. 정확한 비례를 지켜서 지어진 건축물을 우리는 아름답다고 여깁니다. 그러나 사람은 다릅니다. 사람은 불완전성이라는 특성이 있기 때문에 완벽할수록 사람으로부터 멀어집니다.

만일 행복이 기계적인 것이나 논리적, 수학적이 아니고 철저히 인문학적인 어떤 주제라면 우리는 불완전성을 수용해야 합니다. 결여된 그 무엇 때문에 내가 인간적일 수 있다는 그 사실을 기뻐하며 받아들이는 것이 행복의 계단으로 조금 더 다가서는 길입니다.

단순함의 발견

삶은 본래 단순합니다. 삶의 요소를 의식주라는 세 글자로 요약할 수 있는 이유도 삶이 그만큼 단순하기 때문입니다. 재화 · 명예 · 건강과 같은 몇 개의 요소로 압축할 수 있는 이유도 삶이 그만큼 단순하기 때문입니다. 가진 게 많을수록 삶이 더욱 풍요로워진다는 건 자본주의 시장의 신앙이지, 실제 우리 삶은 적당한 재화 · 명예 · 건강만으로도 이미 완전합니다. 그 적당함의 기준은 우리 의지나 삶의 태도에 따라 조절할 수 있습니다. 배를 채우는 데는 적당한 자기 양이 있으며, 건강에 보탬이 되는 데는 영양가의 적당한 균형이 있으며, 입맛을 맞추는 데는 적당한 간이 있습니다. 적당함은 우리가 어디서 그쳐야 하는지 알려 주는 잣대가 되며, 적당함을 잘 쓸 때 삶은 그만큼 심플해집니다. 이를 벗어나서 더 많은 걸 찾고 더 많은 성취를 바랄 때 삶은 복잡성이라는 풀기 어려운 문제 속으로 빠져듭니다.

세상이 아무리 우리에게 많은 질문을 던지더라도 적당한 대답으로 그치거나 때로 대답을 거부하기를 바랍니다. 세상이 결핍을 나쁘다고 말하며 더 많은 소유를 재촉하더라도 불완전성을 받아들이기를 바랍니다. 성숙한 인간은 삶을 그 자체로 바라봅니다.

어느 아버지가 이렇게 말했습니다.

"자식은 존재 자체가 삶의 목적이다."

제가 좋은 부모인지 나쁜 부모인지는 모릅니다. 그러나 부모인 것은 확실합니다. 자식이 있기 때문입니다. 마찬가지로 자식은 그 존재 자체로 아버지의 목적이 됩니다. 자식이 더 나은 사람이 되지 못했다고 해서 아버지로서의 목적 달성이 실패한 게 아닙니다. 자녀가 태어난 순간, 아버지는 완성됩니다. 그게 삶을 있는 그대로 수용하는 자세입니다.

그 시선으로 저를 바라봅니다. 휴대폰을 어디에 뒀는지 자꾸 찾게 됩니다. 사람들과의 관계망이 자꾸만 줄어듭니다. 무릎이 시큰거립니다. 흰머리가 자랍니다. 체력이 달립니다. 그렇군요. 정말 가을입니다.

쇠퇴를 받아들이는 건 때를 거역하지 않는다는 말입니다. 누구에게나 여름은 즐겁고 가을은 쓸쓸합니다. 가을에도 물장구를 치고 있을 때 우리는 철이 없다고 말합니다. 때를 거부한 것이니까요. 가을에 맞는 감성과 가을에 어울리는 옷으로 갈아입을 때가 되었는데 여전히 민소매 입고 반바지 차림으로 돌아다니면서 청춘을 흉내 냅니다.

●

젊게 살지 말라는 뜻이 아닙니다.
나이를 멈추지 말라는 뜻입니다.

그 나이에 맞는 생기를 갖고 있을 때 젊다고 말할 수 있습니다. "왕년에 내가 말이야" 하고 폼을 잡는 순간, 함께 단풍 여행 떠난 가을 친구들은 모두 도망갑니다.

인생이 왜 이렇게 정리가 되지 않는지 모르겠다는 사람이 있습니다. 욕심이 많아서가 아닙니다. 벌린 일이 많아서도 아닙니다. 인생은 원래 정리가 되지 않습니다. 정리하려는 마음이 생기면 인생은 골치가 아파집니다. 어떤 이는 휴대폰 전화번호를 정리한다고 나섰다가 어디까지 남겨야 할지, 누구를 지워야 할지 곤란에 빠집니다. 삶이란 게 제가 정리한다고 정리되고, 제가 정리하지 않는다고 어질러져 있는 게 아닙니다. 업무를 처리하거나 방을 청소할 때나 정리가 있고 질서가 있는 것이지, 사람과 사람이 만나서 이뤄지는 삶은 다릅니다. 내 마음대로 할 수 없는 일을 억지로 하려고 하는 게 교만입니다. 그러므로 내버려 두십시오. 강물이 흘러가도록 지켜보기만 해도 충분합니다. 그 강물에 손을 담가 아직 남은 온기를 느끼는 것이 우리가 할 수 있는 일입니다.

목표 없는 인생 계획표 짜기

강물과 같은 마음이 된 당신에게 인생 목표 설계를 권합니다.

우리는 살아오면서 수없이 많은 계획을 세웠다 허물었습니다. 연말이 되면 내년도 목표를 세웠고, 월말이 되면 그 달에 거둔 성과를 체크하고 미진한 부분을 챙겼습니다. 10년 전에도 그랬고, 20년 전에도 그랬습니다. 그 계획표에는 늘 달성해야 하는 목표가 있었습니다. 그러나 오십의 나이를 넘어선 지금, 우리가 세워야 하는 인생 계획표에는 달성해야 하는 목표의 자리에 마감 목표가 대신 들어갑니다. 인생을 어떻게 마감할 것인가를 생각해 봅니다. 우리는 한 번도 이런 계획표를 작성해 본 적이 없습니다. 가장 이상적인 마무리는 무엇인지 떠올려 보며 그에 맞게 삶의 계획표를 작성합니다.

달성해야 할 목표 대신 맛봐야 할 경험이 자리를 차지하면 좋을 것 같습니다. 아무리 재미있는 일도 목표와 성과가 생기면 일이 됩니다. 설령 일이라고 하더라도 새로운 경험이라고 생각하면 즐거움이 찾아옵니다. 계획표에 해야 할 일은 써 넣지만 어느 수준까지 해야 한다는 목표는 존재하지 않습니다. 목표나 성과만 덜어 내도 계획표는 한결 가벼워집니다. 그 가벼움의 틈으로 즐거움이 찾아옵니다.

제 친구는 택시 운전대를 잡았습니다. 자식들 다 키웠으니 돈벌이에 대한 부담감이 없습니다. 세상 구경 삼아, 운동 삼아, 용돈 벌이 삼아 하루 다녀오는 게 즐겁습니다. 세상 경험이 많으니까 손님들과 대화 나누기도 좋습니다. 간혹 만나는 진상 손님 빼고는 즐겁지 않을 게 없습니다. 다른 친구는 대기업체에서 퇴직한 뒤 작은 중소업체 사장으로 이직했습니다. 아무리 작은 기업이라도 스트레스가 없겠습니까마는 본의 아니게 자리에서 쫓겨난 경험이 좋게 작용합니다. 그는 저무는 해를 경험한 지금 성과나 목표 못지않게 소중한 인간적 가치가 있음을 알게 됩니다. 그 마음으로 회사를 다니니까 설령 바빠도 예전의 그 바쁨이 아닙니다.

집과 자동차는 줄여서 바꾸는 게 아니라고 하는데 줄이는 즐거움을 모르는 이야기입니다. 벌이가 줄어도 즐거울 수 있고, 위치가 낮아져도 즐거울 수 있습니다. 결혼한 자녀가 가끔 주말에 찾아오면 그렇게 반가울 수가 없습니다. 설령 미진한 게 있더라도 아무튼 시간은 흘러가서 역할을 마치게 되면 적게 버는 것도 즐거움이 됩니다.

목표와 성과를 내려놓고 인생 계획을 짭니다. 빈칸에는 기간과 하고 싶은 일 혹은 해야 할 일이 남습니다. 그 일들은 딱히 목표가 없으니 경험 자체로 남게 됩니다. 세상의 모든 아이가 그토록 즐거워하는 이유가 무언지 이제 알게 됩니다. 그토록 깔깔거리고 몰두할 수 있는 이유는 어디로 가야 한다는 목표 없이 사물을, 사건을, 사람을 경험하기 때문입니다. 타인의 시선을 의식하지 않고 자기만족만을 위해 놀기 때문입니다. 어제보다 오늘이 나아야 한다는 수직적 세계에서 위아래가 사라진 수평적 세계로 이동합니다.

●

더 나은 삶과 더 훌륭한 경험은 없습니다.
개인의 취향만 남는 순간,
저는 드디어 제 경험에 집중합니다.

그렇게 집중하는 동안 실력이 늘지만 실력을 늘리는 게 목표는 아닙니다. 그렇게 집중하는 동안 즐거움이 커지지만 즐거움을 느끼려는 그런 의도된 마음도 없습니다. 오직 경험만 남깁니다.

다른 무엇이 아닌, 경험 자체에 빠져들기 위해서라도 목표 없는 인생 계획표를 작성해 봅시다.

여장을 가볍게 하는 이유

삶을 단순하게 꾸려야 하는 이유는 삶 자체가 원래 단순했기 때문이기도 합니다만, 새롭게 나아가야 하기 때문이기도 합니다. 삶이 복잡한 사람은 새로운 길로 접어들 때 여러 가지를 따지기 마련이며, 때로 갖고 있던 것을 잃을까 두려워 모처럼 찾아온 좋은 기회마저 놓치게 됩니다.

'룸 투 리드Room to Read'라는 재단을 들어 보신 적이 있는지 모르겠습니다. 설립자는 존 우드라는 분인데 빌 게이츠, 빌 클린턴과 함께 사업을 벌이던 유능한 사업가였습니다. 그는 휴가차 네팔 여행에 나섰습니다. 네팔은 산이 아름다운 나라로 존 우드 역시 트레킹을 하며 대자연 속에서 지친 감성을 일깨우고 싶었던 것 같습니다. 그런데 마을을 옮기며 산을 즐기던 그의 눈길을 자꾸만 끌어당기는 게 있었습니다. 해가 한창인 시각에 마을 공터에서 놀고 있는 아이들이었습니다. 알고 보니 학교도 없고 책도 없어서 공부로부터 소외된 아이들이었습니다. 고산지대 네팔에서 그가 만난 아이들은 하나같이 눈동자가 컸습니다. 그 눈에는 낯선 이방인에 대한 호기심 못지않게 세상에 대한 본능적인 궁금증이 담겨 있었습니다. 그는 티 없이 맑은 아이들의 눈빛과 이 아이들에게 아무런 양분을 공급해 주지 못하는 네팔의 열악한 환경에 충격을 받았습니다. 미국으로 돌아온 그는 회사를 그만뒀습니다. 그리고 스타벅스가 6년 동안 총 500여 개의 지점을 확충할 때 그는 네팔을 비롯해 베트남, 인도 등지로 날아가 3,000개 이상의 도서관을 짓고 책을 기부했습니다.

존 우드는 혼자 하는 데 한계를 느끼고 도움의 손길을 구했습니다. 빌 클린턴 등 그와 함께 일했던 사람들이 그의 봉사 활동에 참여했습니다. 그러나 그는 더 많은 지원을 바랐고, 그래서 기업과 단체에 편지를 쓰기 시작했습니다. 그 편지에는 이렇게 적혀 있었습니다.

"여기에 조금의 노력으로 세상을 변화시킬 수 있는 기회가 있습니다. 최악의 선택은 아무것도 선택하지 않는 겁니다."

물론 세상에는 이보다 더 아름다운 이야기도 많습니다만, 굳이 이 이야기를 소개하는 이유는 그의 편지 때문입니다.

●

최악의 선택은
아무것도 선택하지 않는 것이라는 그의 말은
떠밀리듯 가을을 맞이한 우리에게
필요한 한마디입니다.

존 우드처럼 어려운 이웃을 위해 봉사하는 것도 좋습니다만, 중요한 것은 새로움을 시도할 수 있는가 하는 점입니다. 그 시도는 이기적이어도 됩니다. 그 시도는 남의 시선을 신경 쓰지 않아도 괜찮습니다. 이렇게 하는 게 맞는지 모르겠다며 가족 눈치를 보고, 자식을 생각하다 보면 다시 인생은 인내와 희생이 미덕이던 시절로 돌아가고 맙니다.

우리가 마음에 둘 것은 딱 한 가지, 자신의 행복입니다. 행복하기 위한 조건은 많지 않습니다. 조금 더 심플하게 삶을 만들고, 그렇게 가벼워진 삶의 행장을 매고 지금까지와는 다른 새로운 길로 걸어가 보는 것입니다. 문제 해결에 대한 압박감을 벗고, 목표 달성에 대한 부담감을 내려놓고, 그저 경험하는 것 자체만을 위해 오늘을 살아갈 때 우리는 행복을 느낄 수 있습니다. 너무 차갑지도 않고 너무 뜨겁지도 않은 물맛 같은, 그런 우리 인생을 느낄 수 있습니다.

Chapter 7

어눌함에 익숙해질 때

우리는 침묵의 예술을 배워야 합니다.
고요히 주의를 기울이며 머무는 법을 배워야 합니다.

◆ 브라이언 피어스 ◆

10년 만에
탄생한 시

조선 초기 문신 양희의 이야기입니다. 기록에 따르면 그는 어릴 적에 매화를 감상하다가 시구를 떠올렸다고 합니다. 매화 완상에 푹 빠진 나머지 꽃이 전해 오는 이야기를 들은 듯합니다. 한 송이 꽃에서 생명의 경이로움을 발견한 것인지도 모르지요. 양희는 벅차오르는 가슴을 언어로 표현하고 싶었으나 아직 말을 다루는 데는 서툴렀던 것 같습니다. 안타깝게도 다음 한 구절만 떠올리고 뒤를 이을 내용을 찾지 못했죠.

"雪墮吟脣詩欲凍 설타음순시욕동."

'읊조리는 입술 위로 눈송이 떨어지니 시가 자꾸만 얼어붙는다'는 뜻입니다. 뭔가 할 말이 있는데 입술만 달싹일 뿐, 느낌에 딱 맞는 단어나 표현을 떠올리지 못하는 자신의 심정을 담은 듯합니다. 동시에 '입술'을 붉은 매화 꽃잎으로 본다면 살짝 흔들리는 꽃잎 위로 눈이 떨어지는 광경도 눈앞에 그려집니다. 추운 날 붉게 피어난 매화가 입을 열어 말을 할 것 같습니다.

그러나 안타깝게도 양희는 이 구절에 맞는 다음 구절을 찾지 못해 속만 태우다가 곧 잊고 말았습니다. 그렇게 10여 년이 지났을 때였습니다. 어느 날 밤 양희의 꿈속에 모르는 자가 나타나 왜 시를 완성하지 않았느냐고 꾸짖더니 다음 구절을 알려 줬습니다.

"梅飄歌扇曲生香매표가선곡생향."

'매화 실은 바람이 부채질하듯 노래하니 곡조에 향기 짙구나'라는 뜻입니다. 첫 구절과 연결해서 시 전체 뜻을 헤아려 보면, 눈송이가 떨어져서 내 입술과 시가 얼어붙을 것 같았는데 문득 꽃잎에 부드러운 바람이 불어 그 향이 짙게 퍼진다는 이야기 같습니다. 이 시를 음미하다 보면 눈앞에 눈송이 날리는 뜰이 펼쳐집니다. 매화나무가 한 그루 붉은 꽃을 피웠습니다. 한 걸음 다가가 마주합니다. 이 세상에는 매화와 나뿐입니다. 매화 향이 진동합니다.

화가가 색을 고르고 음악가가 음표를 바꾸듯이 글을 손대는 사람들도 자기 마음에 딱 맞는 단어를 찾기 위해 여러 날 고민합니다. 그렇게 힘들게 하나의 단어, 하나의 표현을 찾지만 그마저도 썩 마음에 들지 않아서 한숨을 쉬는 게 또 글쟁이들이지요. 전하는 이야기가 간략해 그렇지, 양희는 후절에 적합한 말을 찾기 위해 수많은 글자를 넣었다 뺐다 지웠다 고쳤다 하면서 10년을 보낸 것인지도 모릅니다. 그는 도저히 잊히지 않는 매화와의 만남을 어떻게든 말로 표현하고 싶었으나 어쩌면 말로는 그 환희를 다 표현할 수 없으리라 생각한 건 아닌지 모르겠습니다.

눌언민행訥言敏行. 어눌한 말 민첩한 행동, 즉 말은 어눌하게 하고, 행동은 민첩하게 하라는 뜻입니다. 유학을 공부한 선비들에게 말이 어눌한 것은 미덕의 하나였습니다. 말만 번지르르한 사람에게서는 어짊을 찾아보기 힘들다는 공자의 말 때문인데, 말재주가 있는 걸 탓하는 것이라기보다는 말로만 공자 왈, 맹자 왈하는 것을 경계하라는 뜻입니다. 이런 이유로 위 시를 지은 양희 역시 자신의 호를 '구졸九拙'이라고 붙였습니다. 아홉 가지가 서투르다는 뜻으로 그 아홉 가지 중에는 말과 글도 들어 있습니다. 이 밖에도 어눌할 눌訥 자나 어두울 회晦 자를 넣어 호를 삼거나 아예 자녀의 이름에 눌과 회, 졸을 넣은 선비들도 있었죠.

말보다 실천이 중요하다는 생각이, 어눌함을 미덕으로 여기는 풍토를 만들었습니다. 그런데 저는 어눌함을 미덕으로 여기는 이유를 다르게 보고 싶습니다. 양희의 매화 시의 경우, 실천이라는 게 끼어들 필요는 없어 보입니다. 매화 완상을 통해 얻은 심상을 노래하는 게 전부였으니까요. 도리어 이때는 내 느낌을 전달하기에는 내 표현력이 너무 부족하다는 뜻으로 '어눌하다'를 풀이하면 어떨까요?

길거리를 지나다 만난 꽃 한 송이나 나무 한 그루는 우리에게 일상의 풍경 그 이상도 이하도 아닙니다. 그런데 양희처럼 깊게 만나는 경우가 있습니다. 그럴 때 풀 한 포기는 생명 자체로 나에게 다가옵니다. 다년생 꽃이다, 쌍떡잎식물이다, 암수한그루다…. 이런 생물학적 접근이 아니라 잎사귀를 떨리게 만드는 그 바람을 같이 느끼는 것입니다. 면역력 강화에 좋다, 목 아플 때 달여 먹으면 금방 낫는다…. 약재를 따지고 건강을 따지는 그런 효용 가치로 바라보는 게 아니라 같은 생명으로 바라보는 것입니다.

이렇게 바라볼 때 우리는 좋다, 나쁘다의 가치 판단과 예쁘다, 못생겼다의 심미적 입장을 벗어나서 있는 그대로의 생명과 마주하게 됩니다. 세상이 하얗게 변하는 때에 붉게 피어난 이 꽃을 과

연 무엇이라고 표현하면 좋을까요? 엄마의 자궁에서 막 태어난 핏덩이처럼 붉은 그 꽃을 보면서 가슴이 벅차오르는데 이 심정을 어떤 글자로 말해야 할까요? 아마도 양희 역시 입이 궁해서 끝내 매화 자체를 이야기하지 못하고 바람에 실린 꽃 내음을 말하고 만 것이 아닐까 싶습니다.

●

어눌함은 내 마음을 표현하기에는 너무 부족한
입의 궁색함을 의미합니다.

세상에는 입이 궁한 사람이 세 명 있습니다. 난생처음 꿀을 먹은 아이와 늦도록 술을 퍼서 입이 열 개라도 할 말이 없는 남편과 마지막으로 인생의 경험이 풍부해 이게 쓴맛인지 단맛인지, 고달픈지 행복한지 그 무엇이라고 딱 꼬집어 말하기 어렵다는 사실을 알아차린 어느 연륜 있는 자입니다. 어느 늦은 가을, 그가 인생의 깊이를 들여다본 후 이렇게 말합니다.

"나는 깊은 슬픔을 봤다."

이때의 슬픔은 기쁨의 반대말이 아닙니다. 더는 표현하기 힘들기 때문에 굳이 '슬픔'이라는 단어를 쓴 것인데 이것만으로는 또 자기 마음을 다 담기 어려워서 '깊은'이라는 단어를 덧붙입니다. 슬픔이 아닌, 각자의 짐을 짊어지고 살아가는 사람들의 운명을 '깊은 슬픔'이라고 표현한 것이겠죠. 그래서 이 짧은 한 문장, "나는 깊은 슬픔을 봤나"에는 뱉어진 말보다 감춰진 말이 더 많을 것 같습니다. 표현이 궁해서 말이 입안을 맴도는 그런 상태, 그게 바로 어눌함의 정체입니다.

저 홀로 깊어지다

지금은 그 정도까지는 아닙니다만, 불과 5년, 10년 전만 해도 만나는 사람이 정말 많았습니다. 대화는 저에게 일상이었습니다. 자연스럽게 대화의 원칙이 생겼죠. 말하기 전에 생각을 가다듬을 것.

일이란 게 사람과 사람 사이에서 일어납니다. 어느 한 명의 계획과 생각만으로는 일이 진전되지 않습니다. 합의점을 찾아가며 대화를 나누려면 내 의견이 무조건 옳다고 주장하면 안 됩니다. 양보하고 얻어 내며 조심스럽게 다가서야 합니다. 업무 용건이 없는 일상적 만남에서도 마찬가지입니다. 상대방이 가진 의견과 그의 입장을 배려하다 보면 입을 열기 전에 '생각'의 시간이 필요합니다. 말은 점점 천천히 하게 되고, 느려집니다. 그게 노련해졌다는 뜻일 테죠.

나이는 풍부한 경험을 의미합니다. 전장에 처음 나선 애송이 장수는 전략과 전술이 부족합니다. 그는 몇 안 되는 적은 수의 전술로 싸움을 치르는데 수차례 전투를 경험하면서 새로운 승리의 기술을 하나씩 손에 넣게 됩니다. 그는 전장에서 경험을 쌓으며 백전노장이 되어 갑니다. 애송이였을 때는 감히 생각지 못했던 무기가 생깁니다. 나중에는 전투마다 이기는 방식이 달랐음을 알게 됩니다.

나아가 이 백전노장은 이기는 게 이기는 게 아닐 때가 있음을 압니다. 당장은 싸움에서 유리했으나 얼마 뒤 그 승리가 작은 승리에 불과하고, 실제로는 자신이 진 것임을 알게 됩니다. 작게 보면 승리지만 넓게 보면 패배가 되는 경우가 있는 것을 아는 것이죠. 그렇게 장수는 사태를 관망할 수 있을 만큼 무르익어 갑니다.

이제 이 백전노장은 흔히 말하는 승리와 패배라는 일차원적인 싸움 방식에서 벗어납니다. 승리로 이끌어 줄 절대 무기란 건 존재하지 않으며, 완벽한 승리나 패배라는 것도 없음을 알게 됩니다. 나아가 전쟁이란 정치의 일부이고, 정치의 세계에서는 영원한 승자도 영원한 패자도 없다는 데에 인식이 이릅니다. 처음 인생의 전장에서 삶을 시작한 이 사람은 노련한 정치 9단이 됩니다. 그에게는 싸움이란 게 없습니다. 싸움처럼 보이는 것도 실은 일시적인 작전에 불과합니다. 그에게 정치가 무엇인지, 삶이 무엇인지 물어보면 이렇게 답합니다. '다 같이 잘살자는 것이지.'

벼는 익을수록 고개를 숙인다는 속담은 보충 설명이 필요할 것 같습니다. 보통은 나이가 들수록 겸손해져야 한다는 뜻으로 받아들이는 이 속담은, 옳고 그름의 세계를 떠나서 딱히 주관이나 가치관이라고 할 만한 게 없는 깊이를 말하는 것 같습니다. '익은 벼'는 세파에 깎이고 씻겨 둥그렇게 된 감자처럼 모난 데 없이 포용력을 갖게 된 사람입니다. 익은 벼의 '고개 숙임'은 그런 포용력으로 "네 말도 맞다"는 자세로 사람을 대하는 것이죠.

영의정 하면 떠오르는 인물인 황희가 대표적인 포용력의 소유자입니다. 어느 날 아무개 아이와 저무개 아이가 말싸움을 벌이다가 쪼르르 황희에게 달려와서 묻습니다.

"영감님, 우리 말씀을 들어 보시고 누가 옳은지 판결 좀 내려 주십시오."

황희는 넉넉한 얼굴로 "그래, 이야기를 들어 보자"고 합니다.

아무개 아이가 억울해 하는 얼굴로 자기 사정을 말합니다. 다 들은 황희가 이렇게 말합니다.

"그래, 네 말이 맞구나."

"아닙니다! 저 녀석의 말은 거짓입니다."

저무개 아이가 발끈합니다. 침을 튀며 항변합니다. 다 들은 황희가 이렇게 말합니다.

"그래, 네 말도 맞구나."

마침 이 광경을 지켜보던 황희의 아내는 기가 찹니다.

"한 나라의 정승이라는 양반이 사리분별도 못하고 이 말도 맞다, 저 말도 맞다고 맞장구만 치고 있으면 어떡합니까?"

그러자 황희가 대답합니다.

"임자 말도 맞구료."

이 네 명 중 세 명은 세상을 바라보는 방식이 똑같습니다. 반면 푹 익은 늙은 호박 같은 황희는 다른 세계에 있습니다.

"너희 입장에서는 그렇게 느끼는 게 틀리지 않지. 그런데 말이야, 세상이란 게 그렇게 간단히 옳고 그름이 판단된다면 얼마나 좋겠어. 지금은 옳아도 내일은 틀릴 수 있으니, 지금 누가 포용하고 받아들이며 배울 것인지가 더 중요하지 않겠어?"

황희가 말재주가 없어서 "네 말도 맞다"고 말한 것은 아닐 것입니다. 그가 사리분별이 없어서 옳고 그름을 가리지 못한 것이 아닐 것입니다. 그의 말이 느려지고 재미를 잃은 이유는, 그의 세계관에서 비롯됩니다. 말을 재미로 생각하고 기술로 생각했다면 그는 얼마든지 근사하게 말했을 것입니다. 그러나 말이란 재주도 기술도 아닙니다. 저는 말이 어눌해진다는 것은 그만큼 인생을 깊이 있게 받아들이고 있는 증거라고 믿습니다. 여러 가지를 고려하고 고려하다 그렇게 저 홀로 깊어져서 나중에는 다 포용하게 되는 것, 그것이 '어눌함'입니다.

입을 닫고 지갑을 열라고?

입이 하나고 귀가 둘인 이유는 무엇일까요? 유대인들의 스승인 랍비의 해석에 따르면 그건 말하기보다 듣기를 두 배 더 하라는 신의 뜻이라고 합니다. 우리나라에는 조금 다른 말이 돌고 있습니다. 나이가 들면 입을 닫고 지갑을 열어야 한다는 말입니다. 이 말에는 여러 의미가 있을 것 같습니다. 서운한 노인네 입장에서 보자면 "이제 내 말은 안 듣겠다는 뜻이지? 나한테 돈이나 내놓으라는 거지? 돈 없는 노인네는 서러워서 살겠나!" 하고 해석할 수 있을 것 같습니다. 이 해석을 한 단계 끌고 가면 이렇습니다. "세상은 변했다. 내 조언은 아이들에게 도움이 안 된다. 아이들이 뭔가를 시도할 수 있도록 조건을 만들어 주는 것이 내가 할 수 있는 유일한 일이다!" 이 정도면 주머니도 넉넉하고 세상을 보는 나름의 지혜도 갖고 있는 노인네 같습니다.

그런데 우리는 그런 입장이 아닙니다. 지금 우리는 성인이 된 자녀와 어떤 관계로 지낼 것인가에 대해서 이야기하는 게 아니죠. 초점은 우리의 행복입니다. 그 관점에서 바라봅니다.

닫아야 할 건 입이 맞습니다. 그러나 발언권을 반납하라는 뜻이 아닙니다. 입을 닫으면서 생기는 변화를 맛봐야 할 때라는 이야기입니다. 입을 닫게 되면 놀라운 변화가 뒤따릅니다. 처음에는 마치 드라마에 감정이입을 하는 어떤 시청자처럼 안타까운 심정 때문에 주연배우에게 "조심해!", "저런!" 하고 외치고 싶어집니다. 그런데 그게 되풀이되다 보면 그저 지켜보게 되는 내공이 생깁니다. 주인공의 처지를 받아들이며 어쩔 수 없다고 생각하게 되는 것이죠. 비록 인생의 깊이를 깨우치며 갖게 된 포용력은 아니지만 그래도 입을 다물면서 세상을 조금은 수용하는 마음이 생깁니다.

지인들끼리 술자리를 갖습니다. 또래와 만나면 나이가 많건 적건 다들 청춘으로 돌아가죠. 신이 나서 떠들다가도 사소한 문제로 시비가 붙기도 합니다. 분위기에 편승해 입에서 나오는 대로 말을 내뱉다 보면 분위기만 험악해지고 서로 상처만 줍니다. 그때 필요한 게 입을 다무는 것입니다. 억지로 입을 다물면 입이 근질근질하죠. 상대 의견에 토를 달고 싶고, 내 의견을 개진하고 싶은 마음이 간질간질 일어납니다. 증명하고 싶고, 나 자신을 드러내고 싶은 마음이 올라옵니다. 그래도 입을 다물고 상대의 이야기를 듣고 있으면 얼마 뒤에 상대가 나에게 관심을 기울이기 시작합니다. 만일 끝까지 그의 이야기에 귀 기울이면 이제 그 사람은 나의 편이 됩니다. 단순히 입을 다무는 것이지만 이어지는 결과는 사뭇 다릅니다. 상대가 마음을 열게 되며, 그사이에 마음이 오가며 이제 상대가 내 말에 귀를 기울일 준비를 하게 됩니다. 상대방이 내 이야기를 들을 준비가 되었음을 알게 되면 그때 내 입에서 나오는 말은 조금 더 여유로워지고 조금 더 설득력을 얻게 됩니다.

청산은 저를 보고 말없이 살라 하고
창공은 저를 보고 티 없이 살라 하네
사랑도 벗어 놓고 미움도 벗어 놓고
물같이 바람같이 살다가 가라 하네

고려 말 나옹 선사의 글입니다. 첫 행에서 '말없이'를 말하고 있습니다. 남의 제사에 가서 감 놔라 배 놔라 하지 말라는 뜻입니다. 살다 보면 이견異見이 없을 수 없는데 그 단계를 벗어나서 의견意見마저 갖지 말라고 말합니다. 만일 있다면 벗어 놓고 살라고 말합니다. 그 집이 제사상에 상어포를 올리든 짜장면을 올리든 신경 쓰지 말라고 말합니다. 그저 '이 집은 이게 관습인가 보구나' 하고 삶을 있는 그대로 받아들이라고 말합니다. 그게 다툼이 없는 삶의 본래 모습이었음을 알았기에 나옹 선사는 시까지 지어서 사람들에게 읽혔습니다.

우리가 말이 어눌해져야 하는 이유 나아가 입을 다물어야 하는 이유는 여러 가지가 있습니다. '나이 든 사람이 무슨 말이 그렇게 많아?' 하는 이유 때문은 절대 아닙니다. 입을 다물면 상대방이 더 많은 시간을 부여받을 수 있다는 것도 한 가지 이유고, 자리를 어려워하는 젊은이들에게 기회를 주고 교류하는 시간을 만들어야 한다는 것도 한 가지 이유가 됩니다. 그런데 이 모든 이유보다 중요한 게 있습니다. 말이란 어쩔 수 없이 하나의 가치를 반영하기 마련입니다. 제가 어떤 식으로든 하나의 언어를 택해 말을 하면 그 말에 거꾸로 제가 사로잡히는 일이 벌어집니다.

수십 년 전 에리히 프롬은 미국인들의 'have' 사용 빈도가 급격히 높아지는 시점에 대해서 지적한 적이 있습니다. 'have' 없이도 얼마든지 통용되는 표현이 어느 순간부터 'have'를 넣는 형태로 달라집니다. 공교롭게도 그 시기는 미국에 자본주의가 성립하고, 국민 개개인의 삶이 윤택해지고, 개인의 권리와 자유가 널리 전파되고 나아가 TV 광고를 통해 상품을 파는 시대와 겹칩니다. 우리나라도 '가지다'라는 단어의 사용 빈도가 높아졌습니다. 갖고 놀다, 사 갖고 갈게, 특성을 갖고 있다, 기억을 갖고 있다, 제가 가지고 있는 질병은…. '가지다' 없이도 얼마든지 말이 되었던 표현들이 '가지다'라는 표현으로 대체됩니다. 에리히 프롬 식으로 설명하면 '소유에 의식이 지배되기 시작한 것'입니다. 소유가 지배하는 사회에서는 질병도 '가지고 있는 것'이며, 이성 친구도 '가지고 있는 것'이 됩니다. 모든 게 소유와 대상의 관계에서 파악됩니다. 그런 단어가 다시 아이들에게 이어지면서 아이들은 이 세계를 소유의 관점에서 바라보고 사고하게 됩니다.

욕만 아니면 괜찮은 게 아닙니다. 비아냥거리는 말만 아니면 괜찮은 게 절대 아닙니다. 무심코 사용하는 몇몇 언어가 주기적으로 광고나 매스컴에 의해 주입되고 있습니다. 외부에서 주입

된 어떤 언어들은 우리 의식 깊숙이 침투해 우리를 그 논리에 따라 살도록 만듭니다. 누군가 말했듯이 언어는 존재의 집입니다.

우리는 입을 다무는 행위를 통해 사로잡힌 언어의 세계를 뛰어넘어 다른 세계, 즉 인생의 참맛을 느껴 보는 곳으로 나아가려고 노력해야 합니다. 세계는 우리가 언어를 갖기 전에도, 우리가 생각하는 힘을 갖기 전부터 있었습니다. 우리 삶은 언어보다 먼저 있는 것입니다.

●

또 생각해 보면 인생의 참맛은
말로 전달할 수 없습니다.
막걸리를 마셔 보기 전에 우리는
막걸리가 어떤 맛인지
아무리 설명해도 못 알아듣습니다.
인생의 참맛은 언어로는 도저히
설명이 불가능한 영역에 있습니다.

재주 없는 자가 인생의 참맛을 느낀다

정약용에게는 재능이 부족해 한탄하던 황상이라는 제자가 있었습니다. 하루는 황상이 정약용에게 물었습니다.

"선생님, 저는 공부에 재능이 부족한 것 같습니다. 기억력도 별로고 이해력도 떨어집니다. 글 짓는 재주도 없습니다. 이렇게 재능이 부족한데 공부하는 게 무슨 소용이 있겠습니까? 선생님께서 보시기에 가망이 없다고 하시면 저는 공부를 접으려고 합니다. 차라리 농사나 지으면서 사는 게 나을 것 같습니다. 이 미련한 제자를 솔직히 평가해 주시기 바랍니다."

정약용이 말했습니다.

"내가 지금껏 살다 보니 말이다, 공부를 못하는 세 종류의 사람이 있단다. 한번 들어 보지 않으련?"

황상이 고개를 주억거립니다.

"첫째, 기억력이 좋은 사람이란다. 둘째, 이해력이 뛰어난 사람이란다. 마지막 셋째, 글을 잘 짓는 사람이란다."

듣고 보니 이상합니다. 그건 도리어 공부에 재능이 있는 사람을 의미하는 게 아닙니까? 황상이 눈을 동그랗게 뜨자 정약용이 이유를 들려줍니다.

"기억력이 좋으면 말이다, 한 번 보고 다 외워 버리니 두 번 다시 책장을 펼칠 생각을 하지 않게 되지. 이해력이 좋으면 말이다, 한 번 보고 다 이해했다고 믿으니 두 번 다시 책을 펼쳐 들 생각을 하지 않지. 글을 잘 지으면 말이다, 한 번 슥 휘갈기면 문장이 되니 고심하지 않게 되지. 옛 말씀이란 게 그렇게 한 번 보고 다 알 것 같은 수준이라면 말씀이랄 것도 없고 인생이랄 것도 없다. 어제 본 게 오늘 미심쩍으면 다시 들여다보면서 의심을 해소해야 하는데 궁리하는 시간도 없이 나아지길 바라는 건 씨만 뿌리고 열매 맺기를 바라는 게으른 농부와 다를 게 무엇이냐. 내가 보기에 너는 공부하기 정말 좋은 재능을 갖고 있구나. 너에게 공부 열심히 하라는 뜻에서 계율을 주겠다."

그러면서 정약용이 황상에게 건넨 게 그 유명한 삼근계三勤戒

입니다. 세 가지 부지런함을 의미하죠.

삼근계의 교훈은 타고난 재능보다 부지런함이 중요하다는 의미로 읽힙니다. 그렇지요, 연배가 조금이라도 있는 사람들은 부지런함이 재능을 이긴다는 사실을 잘 알고 있습니다. 최근에 펜실베이니아 심리학과 교수인 앤절라 더크워스가 포기하지 않는 자세가 성공으로 이끄는 요인임을 여러 실험과 통찰을 통해서 밝혔습니다. 앤절라 더크워스 교수는 그 부지런함을 '그릿Grit'이라고 표현합니다. 또 최근 젊은이 사이에 쓰이는 '존버 정신'이라는, 비속어 섞인 이 말도 부지런함의 정신과 일맥상통합니다. 부지런함은 예나 지금이나 하기는 힘들지만 성과를 만드는 태도임에는 분명합니다.

삼근계든 그릿이든 단순히 부지런함을 의미하는 데 그치지 않습니다. 정약용이 삼근계라는 카드를 꺼내기까지의 과정과 맥락을 살펴보면 이 부지런함은 '다시 보면서 깊어짐'을 의미하기 때문입니다.

판단이 빠른 젊은이를 우리는 똑똑하다고 말합니다. 나이 들어서도 여전히 빠른 판단력을 가진 사람들이 있습니다. 이들은 마치 사냥감을 앞에 둔 포식자처럼 어떤 일이 벌어지면 거짓말처럼 빠르게 판단을 마칩니다. 일말의 흔들림도 없이 누구 잘못인지, 누구 문제인지 1분 1초 안에 가려 냅니다.

•

판단이 빠르다는 말은
병아리 감별처럼 정해진 방식을 따르는
일처리에서는 정말 중요한 미덕입니다.
그러나 이를 인생에 적용할 때가 문제입니다.
인생은 병아리가 아니기 때문입니다.

인생을 대할 때는 판단이 느린 게 정상입니다. 어쩌면 판단이 불가능할 수도 있습니다. 그렇다고 그저 판단을 중지하고 쳐다보기만 하라는 의미도 아닙니다. '다시 보면서 깊어짐'이 가능해야 합니다. 이때 다시 보게 되는 이유는, 어제 봤던 그 문장의 해석이 오늘의 삶에서 맞지 않는 점이 발견되었기 때문입니다.

'옛 말씀은 이게 인생이라고 했고, 나는 이렇게 해석했는데 살아 보니 그 해석으로는 뭔가 부족하다. 내가 해석한 게 틀린 건가, 아니면 그 말씀의 의미가 그게 아니었는가?'

그렇게 읽기 – 해석하기 – 삶에 적용하기 – 다시 들여다보기 – 해석 바꾸기를 통해 인생을 바라보는 안목이 깊어지는 것이 정약용이 말하고 싶었던 진짜 '부지런함'입니다. 그렇게 조금씩 인생에 나가가면서 완성으로 향하는 것이 우리가 잘 알고 있는 '대기만성'입니다.

인생은 완성이 없다

대기만성, 큰 그릇은 늦게 완성된다는 의미로 쓰이는 이 말과 관련해 한 가지 오해하고 있는 게 있습니다. 이 말의 진짜 의미는 사회적 성공이나 재산가의 탄생과 같은 세속적 의미도 아니고, 인격의 완성도 아닙니다. 이 단어의 출처는 잘 알려졌다시피 중국 고전의 하나로 꼽히는 『도덕경』입니다. 『도덕경』은 하도 오래된 책이라 본이 몇 가지 있습니다. 이 가운데 우리에게 친숙한 것은 왕필이란 사람이 해설을 단 왕필본입니다. 왕필본에 '대기만성大器晩成'이 적혀 있지요. 그런데 왕필본보다 오래된 『도덕경』이 1970년 무렵에 발견됩니다. 이를 백서본이라고 부르는데 여기에는 '대기면성大器免成'이라고 적혀 있습니다. '晩만'과 '免면'은 글자가 다릅니다. 글자가 달라지면 뜻도 달라지겠지요. 대기면성은, '큰 그릇은 채우기 어렵다' 혹은 '큰 그릇은 완성이 불가능하다'라는 뜻으로 해석됩니다. 왜 이렇게 해석하는가 하면 이 네 글자가 놓인 문맥 때문입니다.

큰 네모는 모서리가 없다大方无隅
큰 그릇은 완성되기 어렵다大器免成
큰소리는 듣기가 힘들다大音稀聲
하늘의 형상은 형체가 없다天象无形

천원지방天圓地方이라고 해서 '하늘은 둥글고 땅은 네모지다'라고 표현한 옛말이 있습니다. 지구가 둥글다는 사실을 알기 전에는 동서양의 모든 고대인은 땅을 네모라고 여겼습니다. 그런데 이건 시각적 착각이거나 추정일 뿐이었지, 누구도 사각형 땅의 모서리를 본 적은 없었습니다. 『도덕경』은 이를 '큰 네모는 모서리가 없다'고 표현한 것입니다.

또 『도덕경』은 숲에 바람이 불어서 소리가 나는 것을 거대한 악기로 표현합니다. 소리란 게 좁은 구멍을 통과하면서 나는 것이니까 그렇게 볼 수도 있을 것 같습니다. 그런데 저 높은 창공에 부는 바람은 어떨까요? 거인이 입김을 분다고 생각해 볼 수 있습니다. 그런데 그 바람은 소리가 들리지 않습니다. 가로막고 있는 게 없기 때문이죠. 그게 '큰소리는 듣기 힘들다'는 말입니다. 하늘의 형상은 형체가 없다는 것도 마찬가지입니다. 우리의 눈이나 귀와 같은 감관으로는 도저히 알 수 없는 어떤 것을 표현하고 있습니다.

그러므로 대기만성, 즉 '큰 그릇 역시 늦게 찬다'가 아니라 대기면성, 즉 '큰 그릇은 채우기 어렵다 혹은 불가능하다'고 말하는 것이 더 어울립니다. 이 그릇은 인간이 가진 도구, 예컨대 자로 측정이 불가능합니다.

『도덕경』은 무엇을 표현하기 위해서 이런 모순적 표현법을 쓴 것일까요? 왜 들리지 않는 소리나 채울 수 없는 그릇, 모서리가 없는 사각형, 모양이 없는 형체를 말한 것일까요? 해석이 분분하기는 합니다만, 한 가지를 들어 본다면 그건 삶 자체를 표현하기 위함이 아닐까 추론해 봅니다.

생물학이라는 학문은 '생물'을 대상으로 연구하는 학문이지만 '생물'에 대한 확정된 정의를 갖고 있지는 못합니다. 고작해야 생물로서의 특성 몇 가지를 나열하는 정도입니다. 예컨대 '번식을 한다, 먹이를 섭취한다, 활동한다'와 같습니다. 그 밖에는 학자마다 생각이 다릅니다. 하나의 통일된 정의가 없습니다. 그런데도 학문은 계속 발전하고 있습니다.

이를 조금 더 적극적으로 해석해 본다면, 생물이란 게 해석의 영역에서 벗어나 있기 때문이 아닐까 생각해 봅니다. 만일 그런 관점이라면 『도덕경』에서 모순적인 표현으로 설명하려고 했던 것도 인간의 이해 범위를 벗어난 '생명'을 표현하기 위해서라고 생각해 볼 수 있습니다. 그런 증거들은 많이 나오고 있습니다. 자연수에 이어 숫자 0이 발견되고 이어서 양수, 음수가 발견된 후 이번에는 무한대라는 개념이 등장합니다. 무한대는 끝이 나지 않고 수가 계속 이어지는 것을 의미합니다. 무한대의 단계가 되면 더 이상 사칙연산은 의미가 없어집니다. 보통 사칙연산의 논리에 따르면 A보다 B가 더 크다고 생각하는 게 정상입니다.

A : 1 + 3 + 5 + 7 + 9 + 11 + 13….

B : 1 + 2 + 3 + 4 + 5 + 6 + 7 + 8….

A는 홀수를 더한 수입니다. B는 자연수를 더한 수입니다. 홀수는 자연수의 부분집합이므로 당연히 자연수를 더한 값이 홀수

를 더한 값보다 커야 합니다. 그런데 칸토어라는 수학자는 홀수를 무한히 더한 값과 자연수를 무한히 더한 값이 같다고 증명합니다. 심지어 무한대에서는 홀수의 수와 자연수의 수가 같다고 말합니다. 숫자가 유한한 상태에서는 참이었던 게 무한대로 넘어가면 거짓으로 바뀝니다. 마치 블랙홀에서 물리법칙이 무의미해지는 것과 비슷하죠.

●

우리 개인의 삶만 보면
유한한 상태의 숫자를 더하는 것과 같은
논리가 적용되는 듯 보이지만
생명이라는 전체 현상 속에
존재하는 부분이라고 본다면
우리 개인의 삶 역시
정의를 내릴 수 없는 상태가 됩니다.

우리 개인의 삶을 무한대의 관점에서 바라본다면 사칙연산은 불가능해지며 이해의 범위를 벗어나게 됩니다. 『도덕경』과 칸토어의 무한대 이론을 우리 인생에 적용해 본다면 우리 인생은 어떤 논리로도 설명될 수 없고, 어떤 말로도 정의할 수 없는 묘한 것이 됩니다.

매화를 죽이지 말라

반대로 생각해 봅시다. 어떤 말로도 정의할 수 없다는 말은, 인생이 어떤 말로든 정의를 내릴 수 있는 수용력도 갖고 있다는 뜻입니다.

왜 같은 인생인데 이를 바라보는 다양한 의견이 있을 수 있을까요?
왜 같은 지구인데 이를 바라보는 시선이 이토록 다를까요?

이건 이 세계나 이 인생이 다양한 의견이나 생각을 포용할 수 있기 때문입니다. 우리는 가까이 보고 싶으면 가까이 보면 되고,

멀리 보고 싶으면 멀리 보면 됩니다. 우리가 어떻게 볼 것인가를 마음대로 택할 수 있는 이유는 이 세계나 삶이 그걸 허용하기 때문이죠. 그래서 어린아이의 시선으로 세상을 봐도 틀렸다고 말할 수 없으며, 연세 드신 분의 눈으로 세상을 봐도 틀렸다고 말할 수 없습니다.

단지 우리는 조금 더 풍요롭게 인생을 해석하고 받아들이기 위해 인생을 바라보는 시선을 다변화합니다. 운전면허 교관이 교습생에게 말합니다.

"운전할 때는 세 가지를 봐야 해요. 가까이는 앞차를 보고, 멀찌감치 신호등을 보고 그리고 시야를 넓혀서 교통 흐름을 봐야 해요. 처음에는 잘 안 보이니까 앞차만 열심히 보게 되는데 괜찮아요. 신호등 정도까지 보도록 노력하고, 신호등이 잘 보이면 다음은 교통 흐름에 맞춰 달릴 수 있도록 시야를 넓히면 돼요."

운전이라는 행위는 페달 밟았다 뗐다 하고 운전대 왼쪽 돌렸다 오른쪽 돌렸다 하는 단조로운 움직임이 전부이지만 내가 얼마나 다채롭게 도로 상황을 보느냐에 따라 노련한 운전과 초보 운전이 갈립니다. 초보에서 3년까지는 가장 사고가 적은 시기라고 합니다. 자신감이 붙는 3년 차부터 사고율이 증가하다가 다시 5

년이 넘어서면서 사고가 줄어듭니다. 5년 차에게 운전이란 적극적 방어 운전을 의미합니다. 내가 아무리 잘해도 사고가 날 수 있는 곳임을 깨달은 운전자에게는 이미지의 세계, 즉 도로란 내가 모르는 위험 요소가 숨어 있는 곳입니다. 얕보지 않으면서도 자연스러움이 갖춰져 있으니 이제 도로를 달리는 맛이 납니다.

사진작가들도 다채로운 시선의 중요성을 잘 압니다. 사진이 단조롭지 않으려면 멀리 있는 풍경과 가까이 있는 사물 그리고 때에 따라 중간 사물도 넣어야 합니다. 그래서 사진이 훨씬 좋아 보입니다. 일명 '멀중근'이라고 해서 멀리, 중간, 근거리를 줄여서 부르는 분들도 있습니다. 운전이든 사진이든 인생을 바라보는 시선이 왜 입체적이어야 하는지 잘 보여 줍니다. 그래야 인생이 작은 해석의 세계에 머무르지 않고 최대한 그 자체에 가깝게 살아나기 때문입니다.

노안이 찾아왔다는 말을 긍정적으로 해석해 보자면 지금껏 가까이 보는 데 익숙했으니 이제 멀리 보라는 뜻이라고 받아들여 봅니다. 그렇게 가깝게 멀게 바라보면서 인생을 당겼다 밀었다 하는 게 진짜 인생에 가까워지는 비결이 아닐까 싶습니다. 인생을 가까이서 보면서도 가까운 게 전부가 아님을 알고, 멀리서 보면서도 먼 게 전부가 아님을 압니다. 어떤 시선도 틀린 건 아닌데 그 시선만 고집하는 건 위험하다는 데 생각이 이릅니다.

과학자는 분석적 사고라는 칼을 들고
매화를 죽이려고 한다.
정치인은 신영 논리라는 프레임을 들고
매화를 죽이려고 한다.
기업가는 시장경제라는 족쇄를 들고
매화를 죽이려고 한다.

가깝게 보고 멀리 보고 다시 옆에서 보고 위에서 보고 아래서 보고 뒤에서 보면서 매화를 입체적으로 조망하다 보면 이제 눈 앞의 이 꽃을 뭐라고 해야 할지 모르는 시점에 이르게 되죠. 어떤 말로도 설명이 불가능하다는 데 이르면 말문을 닫고 넋을 놓은 채 구졸 양희처럼 '아!' 하고 깊이 탄식하게 됩니다. 매화의 발견이자 인생의 발견입니다.

생각이 많아져서이기도 합니다만, 어떤 생각도 틀린 것은 없으나 맞아떨어지지도 않는다는 것을 알 때도 말이 어눌해집니다. 아이의 성장 과정 가운데 가장 극적인 순간이 "엄마, 아빠"

하고 말문이 트일 때라면 사람의 성숙 과정 가운데 가장 아름다운 순간이 말 없는 지경에 이르는 때가 아닐까요?

Chapter 8

행복에 이르는 길

우리가 우리 자신이 되는 것은
다른 사람을 통해서다.

◆ 비고츠키 ◆

사람과 사람 사이에서 맛보는 즐거움

행복에 이르는 길목에는 다섯 관문이 놓여 있습니다. 우리는 속도의 관문에서 느림의 미덕을 배우고, 무게의 관문에서 짐을 내려놓는 법을 배웁니다. 크기의 관문에서는 숨어 있던 작은 것들의 세계를 발견하고, 구조의 관문에서는 복잡함을 단순화시키는 법을 배웁니다. 그렇게 하나둘 베일을 벗겨 내면 인생은 그 자체로 모습을 드러냅니다. 천둥벌거숭이의 모습 그대로 드러난 삶은 할 말을 잊을 만큼 아름답습니다. 그렇게 마지막 관문, 말 없음의 세계까지 통과합니다.

다섯 관문을 벗어난 이 인생 여행자는 일상으로 돌아옵니다. 일상이란 대개 내가 기거하는 방이나 나의 시간을 관장하는 계획표, 내가 해야 하는 일이나 동선, 쓰고 버리는 물건이나 먹고 마시는 음식 따위를 의미합니다만, 진짜 일상은 사람 사이에 있습니다. 지인과 마시는 차나 술 한 잔, 음식, 주고받는 대화가 일상의 진짜 모습입니다. 혼자 하는 일도 타인의 흔적을 완전히 배제하기란 불가능합니다. 사람과 만날 때 일도, 가치도, 역사도 탄생합니다. 우리가 답을 구하려는 모든 문제가 사람 사이에서 일어나듯, 그 답 역시 사람 사이에서 찾아져야 합니다. 행복도 마찬가지입니다.

행복이 사람 사이에서 온다는 사실을 실험적으로 증명한 심리학자가 있습니다. 1970년 브루스 알렉산더는 대다수 사람이 잘못 알고 있는 중독 실험을 벌이면서 학계는 물론이요, 일반인들의 믿음에도 큰 충격을 안겨 줬습니다. 중독이라는 현상은 중독물질에 좌우된다는 게 일반적인 해석입니다. 대표적으로 마약이 있죠. 만일 우리가 헤로인을 30일간 흡입하거나 주사를 맞고 31일째 딱 끊게 되면 우리 몸은 금단증세에 사로잡히며 헤로인을 찾게 됩니다. 과학자들은 이 현상을 '헤로인의 중독성'으로 설명하고 있으며 법으로 마약을 금지시키는 이유도 이 때문이죠.

헤로인의 중독성이 알려진 계기는 마약 사용자들이 보여 준 행동 때문이었습니다만, 이를 확정해 준 것은 쥐 실험이었습니다. 유전자가 사람과 흡사하다는 점과 비용이 적게 들고 번식이 빨라 실험에 적합하다는 점 때문에 중독 실험에 쥐가 사용되었습니다. 과학자들은 실험에 미치는 영향을 최소화했습니다. 쥐와 마약 그리고 물, 이렇게 세 가지만 실험실에 넣고 쥐가 어떻게 반응하는지 살펴본 것이죠. 예상대로 쥐는 순수한 물이 아닌 마약을 탄 물에 탐닉하는 모습을 보였습니다. 만일 제가 그 과학자라면 실험 결과에 대해 이렇게 적었을 겁니다.

"쥐는 한 번 맛본 마약에서 헤어나지 못하고 있다. 쥐는 처음 마약 탄 물에 입을 댄 이후로 주기적으로 마약 탄 물을 마셨으며, 그 행위는 죽을 때까지 되풀이되었다."

이 실험에 변수라고는 아무것도 없습니다. 과학자의 관찰 정도가 유일한 변수였는데 그건 실험 결과에 별다른 영향을 끼칠 수 없겠지요. 이 실험은 완벽한 조건에서 행해진 신뢰할 만한 실험이었고, 그 결과는 일상적인 믿음과 차이가 없었습니다. 마약이 중독을 일으킨다는 생각은 일반 상식처럼 자리를 잡았습니다.

그런데 브루스 알렉산더의 생각은 달랐습니다. 그는 기존 실험 결과의 해석보다는 실험 조건을 문제 삼았습니다. 무균실처럼 깨끗한 실험 조건이 도리어 쥐의 행동에 영향을 깨쳤다는 겁니다.

'만일 쥐가 살기 좋은 공간에서 실험을 벌였다면 쥐는 마약에 탐닉했을까?'

그는 실험실을 쥐의 천국으로 만들었습니다. 쥐가 좋아할 만한 놀이거리를 잔뜩 기져다 놓고, 외로운 쥐를 위해 친구 쥐, 이성 쥐도 넣어 줬습니다. 먹이도 풍부하고 환경도 쾌적했습니다. 심심하면 친구들과 놀고 성욕도 마음껏 풀게 해 줬습니다. 이와 동시에 원래 실험처럼 마약을 탄 물과 맹물 두 종류의 생수를 제공했습니다.

브루스 알렉산더는 쥐를 관찰했습니다. 처음에는 별 생각 없이 순수한 물도 마시고 마약 물도 마신 쥐는 이후로 맹물만 마셨습니다. 마치 하지 말라는 짓은 하지 않는 착실한 쥐가 된 듯이 실험용 쥐들은 마약 물은 쳐다보지도 않았습니다.

이 실험 결과를 우리는 어떻게 해석해야 할까요? 브루스 알렉산더는 이렇게 결론짓습니다.

"중독을 일으킨 원인은 헤로인 같은 마약 물질이 아니라 쥐가 처한 삭막한 환경이었다."

그의 결론은 과학자들이 밝혀낸 '헤로인=중독물질'이라는 공식을 파기함과 동시에 일반인들의 마음에 굳게 자리 잡은 상식에도 금이 가게 했습니다. 중독을 일으키는 게 마약이 아니라 환경이라니! 하지만 마약에 빠진 사람들을 보면 심각한 금단증세를 일으킵니다. 이들은 어떻게 설명할 수 있을까요? 더욱이 쥐를 대상으로 한 실험일 뿐, 사람이 대상은 아니었습니다. 사람은 분명 다를 것이라고 사람들은 믿으며 좀처럼 브루스의 실험 결과를 받아들이지 못했습니다.

보통 의약품은 생물 실험 이후 인체 실험을 하기 마련입니다만, 중독은 조금 다르죠. 중독성은 둘째치고 위해성이 입증된 물질을 사람에게 투입하는 건 많은 문제를 내포합니다. 다행히 실험을 할 필요는 없었습니다. 이미 미국 사회에서는 용인된 마약이 있기 때문이죠. 하나는 병원에서 진통제로 투여하는 마약이었고, 다른 하나는 당시 미국이 참전 중인 베트남전쟁에서 군인에게 지급한 마약이었습니다. 조사에 따르면 일정 기간 진통제를 투약하다가 병이 낫거나 통증이 호전되어 더 이상 진통제가 불필요해진 사람들을 추적해 보니, 중독 증세는 나타나지 않았습니다. 물론 병원에서 투약한 진통제의 마약 함량 등이 다를 수는 있습니다만, 성분 자체는 다르지 않았습니다.

브루스 알렉산더가 실험을 벌인 1970년은 미국이 한창 베트남전쟁을 치를 때였습니다. 1965년에 이미 베트남에 투입된 미군 가운데 20%에게 투여한다는 통계가 있었습니다. 이 전쟁에 투입된 군인이 55만 명으로 집계되었으니 약 10만 명이 마약을 복용했다는 겁니다. 패전 이후 10만 명에 달하는 마약중독자가 미국 본토에 유입된다는 것은 심각한 사회문제로 비화될 가능성이 있었습니다. 그런데 추적 조사한 자료에 따르면 10만 명 가운데 마약중독에서 헤어나지 못한 사례는 5,000명, 즉 5%에 그쳤습니다. 나머지 9만 5,000명의 군인은 언제 마약을 했느냐는 듯이 귀국과 동시에 마약에서 손을 떼고 일상으로 무사히 복귀했습니다. 도대체 어떻게 금단증세 없이 일상으로 북귀했을까요?

마약의 무죄를 입증한 알렉산더의 쥐 실험 결과만이 베트남 참전 용사들의 현상을 설명할 수 있습니다. 동료가 피를 쏟고, 사지가 찢겨 죽어 가고, 군인부터 노약자까지 가리지 않고 총질을 하고, 수류탄을 던지고, 네이팜탄을 쏴야 했던 미군 병사 중 일부는 공포와 두려움을 견디기 위해 마약에 손을 댈 수밖에 없었습니다.

•

반면 대부분의 병사들은
공포의 땅 베트남을 떠나 고향에 돌아오면서
잃었던 신뢰와 애정을 되찾았습니다.
그들이 살던 마을에는
그들을 사랑하는 가족과 친구들,
이웃이 있었으니까요.

환경이 달라지자 더 이상 마약을 할 필요가 없어졌습니다.

브루스는 중독을 일으키는 건 마약이 아니라 지옥보다 지독한 환경이었음을 지적합니다. 사람과 사람이 만났을 때 서로를 죽이면 마약쟁이가 탄생하고, 서로를 챙기고 위로하면 마약쟁이 대신 행복이 탄생합니다. 잘 알려져 있다시피 사람이 행복을 느낄 때는 뇌에서 마약보다 더 강력한 체내 마약, 즉 엔돌핀이 분비됩니다. 엔돌핀은 나에게 호의를 가진 사람을 만날 때 분비가 촉진되죠.

이 생각에 따른다면 행복은 '사람과 사람 사이에서 맛보는 즐거움'이라고밖에 결론을 내릴 수 없습니다.

당신은 누구의 친구인가?

우리는 누군가의 아들이고 딸입니다. 우리는 누군가의 남편이고 아내입니다. 우리는 누군가의 아버지이고 어머니입니다. 우리는 누군가의 손님이고 주인입니다. 우리는 누군가의 직원이고 사용자입니다. 부자 관계, 부부 관계, 주객 관계, 노사 관계 등 사람은 관계 안에 놓여 있습니다. 이 관계는 관계 맺는 조건에 따라 그 이름이 달라집니다. 그 특정 관계 아래에서 우리는 그에 맞는 옷을 입고 살아갑니다.

그러나 이 관계는 평등을 기본으로 삼고 있습니다. 아버지가 자식 위에 군림하는 것이 아니고 손님이 주인 위에 서서 왕 노릇을 하는 게 아닙니다. 사람이 사람 아래 예속되고 복종하는 그런

수직적 관계의 시대는 지났습니다. 각자의 역할이 분리되어 있을 뿐 사람과 사람의 관계는 기본적으로 수평적입니다. 그 수평적 관계에서 우리는 서로에게 무엇이 될까요?

적합한 단어는 아닐지 모르지만 무어라 이름 붙이기 힘든 이 관계를 저는 '친구'라고 부르고 싶습니다. 일상적인 의미에서 친구란 영화 〈친구〉의 멋들어진 해석처럼 '가까이 두고 오래 사귄 벗'입니다. 그런데 저는 조금 다르게 접근하고 싶습니다. 먼저 시 한 구절을 보겠습니다.

> 바쁜 사람들도
> 굳센 사람들도
> 바람과 같던 사람들도
> 집에 돌아오면 아버지가 된다.
>
> – **김현승, 「아버지의 마음」**

비즈니스맨도 택시 운전사도 국회의원도 집에 오면 모두 똑같이 아버지가 된다는 이야기입니다. 친구도 마찬가지입니다. 모임이 생기면 우리는 넥타이도 풀고, 법복도 벗고, 작업복도 옆으로 치워 둔 채 친구가 되어 만납니다. 사회적 옷을 벗어던지고 알몸 그대로 만나는 사람 사이에서는 돈 자랑이나 지위 따위가 무의미해집니다. 마치 발가벗고 물장구치던 어렸을 때로 돌아간 듯이 아무리 나이 많은 사람들도 친구와 만나면 "야, 인마" 같은 안 쓰던 말로 서로를 부르고 농담도 던지고 옆구리를 찌르기도 합니다.

이처럼 '친구'라는 말의 의미를 사회적 관계망을 벗어나 사람 대 사람으로 만나는 관계로 확장한다면 부자 사이도, 노사나 주객도 모두 친구가 될 수 있습니다. 친구란 우리가 입고 있는 사회적 역할의 옷을 벗고 평등한 관계에서 만나는 사람들을 의미합니다. 이 진공관처럼 깨끗한 공간에 들어가기 위해서는 신분이나 지위, 나이, 성별, 얼굴색을 잠시 벗어 둬야 하며 이름표를 떼어야 합니다.

만일 우리가 이와 같이 누군가의 친구가 되겠다고 마음을 먹는다면 관계는 더 없이 큰 즐거움이 됩니다. 자녀와 친구처럼 지낸다는 어느 아버지와 어머니의 이야기를 종종 듣게 됩니다. 손님과 격의 없이 친구처럼 지내는 가게 주인도 많습니다. 세대 차이를 뛰어넘은 젊은 학자와 노학자의 친구 관계도 우리는 잘 알고 있습니다. 제자와 선생의 관계였다가 선생이 "지금부터 너는 나의 친구다"라고 말하며 인간 대 인간의 관계로 다가섰던 분도 계십니다. 모든 관계는 이처럼 친구로 환원될 수 있습니다.

친구가 된다는 말은 우리의 지위나 가진 재산, 사회적 명예 따위를 내려놓음을 의미합니다. 친구 모임이라고 나갔는데 돈이나 지식, 힘을 자랑하고 자기 지위를 내보이며 상대의 굴종을 요구하는 사람은 수평적 관계를 거부하며 살아가는 것이죠.

70~80대 연세 드신 분들을 보면 친구도 없고, 찾아오는 사람도 없습니다. 노년에 이르면 과거에 무슨 일을 했는지 별 의미가 없어집니다. 그런데도 나이 들어서 "내가 왕년에 말야" 하고 자랑하는 분들이 있습니다. 일견 '나 무시하지 마'라는 보호막처럼 보이기도 해서 안쓰럽습니다만, 그렇게 색 바랜 옛날 옷을 입고 있으면 사람들이 같이 안 놀아 줍니다. 사람들은 그가 옛 추억에 빠져서 헤어나지 못하고 있다는 사실을 잘 압니다. 그렇게 왕년 타령하는 사람 눈에 지금 눈앞에 있는 제가 보일 리가 없습니다. 지금 이 순간에 이뤄진 인간 대 인간의 만남을 즐길 수 없다면 피하는 게 상책일 수 있습니다. 생계 걱정을 빙자해 상대방의 자존심을 짓밟고, 자기 지위를 내세워서 떠받들어 주기를 요구하는 것은 그 만남에서 자신이 중심이 되겠다는 발상입니다. 설

령 겉으로 "친구야" 하고 만나지만 그 관계는 절대 수평적이지 못하며 그래서 지속되기 힘듭니다.

만일 우리가 친구라는 관계를 회복하려고 한다면 우리는 누군가의 친구가 되어야 합니다. "걔가 내 친구야" 하고 말하는 게 아니라 "내가 걔 친구야"라고 주어의 위치를 바꿔야 합니다. 멋모르던 시절에나 내가 인생의 주인공이지, 강물이 깊어지고 놀이 질 무렵이 되면 삶에는 따로 주인공이 없다는 사실을 알게 됩니다. 나는 그를 만나면서 하나의 의미 있는 사람이 됩니다. 그가 있기에 내가 어떤 값어치를 지닙니다. 그가 나에게 존재 가치를 부여해 줍니다. 그러므로 '나는 너의 친구'라고 말하는 게 자연스럽습니다.

저는 지금도 현역으로 일을 하고 있습니다. 기업체에서 사장직을 맡고 있습니다. 평소에도 종종 직원들이 상담을 요청해 옵니다. 연배도 차이가 나고 직책도 다르니까 아무래도 한계는 있습니다만, 직원들은 제게 인생 상담을 요청해 옵니다. 직장 생활의 불편함도 호소하고 사생활에 대한 고민도 털어놓습니다. 물론 시작은 제가 먼저 했습니다. 관리자는 직원들의 불편함을 없애는 일을 해 줘야 한다는 이유에서 시작한 개별 상담이었으나 이야기를 나누다 보면 어느덧 동생이 되고 후배가 되어 다시 자발적으로 제 방문을 두드립니다. 그래서 제 방은 늘 문이 열려 있습니다. 그 열린 문으로 친구들이 찾아옵니다.

●

친구가 되는 것은
상대방의 행위나 말을
선의로 이해하는 데서 출발합니다.

아직 말을 배우지 못한 아기가 자기 입에 물고 있던 음식을 엄마 입에 대 주면 엄마는 "엄마 먹어 보라고? 고마워!" 하고 받아먹습니다. 그건 엄마가 아가의 마음을 선의로 해석했기 때문입니다. 이처럼 상대의 행위나 말을 좋은 의도로 받아들이는 태도가 필요합니다. '좋은 착각'이 필요하다는 이야기입니다.

'거촉擧燭'이라는 단어에 얽힌 고사가 있습니다.

연나라 재상이 혼란한 정국을 타개하기 위한 방책을 고민하다가 초나라 수도 영에 사는 지인에게 SOS를 쳤습니다. 초나라 영 땅에 살던 그 지인은 오랜 친구의 편지를 받고 며칠 고민 끝에 답신을 보내기로 했습니다. 편지를 쓴 시각은 늦은 밤이었습니다. 마침 하인이 그를 도와 옆에서 등불을 들고 있었는데 방이 너무 어두웠던지 그는 "등불을 들어라"라고 말했습니다. 그게 한자로 '거촉'이었습니다. 그는 하인에게 그렇게 말하면서 부심결에 '거촉'이라는 단어를 편지에 써넣고 말았습니다. 편지의 앞뒤 맥락과 관련이 없는 단어가 삽입된 것이죠.

편지는 연나라로 전달되었습니다. 재상이 읽어 보니 중간에 유독 '거촉'이라는 단어가 눈에 띄었습니다. 재상은 그 의미를 해독하기 위해 애를 씁니다.

'등불을 들라는 말은 밝음, 즉 현명한 사람을 천거하라는 뜻인가 보군.'

그 길로 연나라 재상은 왕에게 현명한 사람을 쓰는 게 국난을 극복하고 나라를 강하게 만드는 지름길이라고 의견을 개진합니다. 왕은 이를 기뻐하고 현자를 등용해 나라를 훌륭하게 다스렸다는 이야기입니다.

이를 우리는 아름다운 오해라고 말합니다. 지인이 실수로 기입한 그 단어조차도 '나를 위해 궁리한 끝에 적었을 것'이라고 이해하고 그 뜻을 헤아려 보는 것이 바로 '선의로 친구의 언행을 받아들이는 태도'입니다. 친구 관계의 기본은 이와 같습니다. 상대의 행위나 말을 긍정적으로 해석할 때 사소한 말다툼을 피하고 서로가 서로에게 친구로 다가갈 수 있는 길이 열립니다.

만일 선의로 해석이 어렵다면 최소한 이 속담만큼은 기억해야 합니다.

'가는 말이 고와야 오는 말이 곱다.'

서운한 게 있어도 그 서운함을 어떤 어조, 어떤 단어에 실어서 표현할지는 내가 결정할 수 있습니다. 화가 나는 게 있어도 그 화를 어떤 말투, 어떤 표정에 실어서 표현할지는 내가 결정할 수 있습니다. 서운함을 짜증으로, 화를 분노로 표출한다는 말은 '너는 지금 이 순간만큼은 내 친구가 아니다'라는 의사 표시입니다. 그렇게 표현된 나의 감정은 상대방에게 곱지 않은 반응을 불러오며 사소한 다툼으로 나아가 악연으로 이어지기도 합니다. 안 그래도 친구는 갈수록 줄어듭니다. 잠깐의 화를 삭이지 못하고 한 명의 소중한 친구를 잃는 것은 행복을 생각해 볼 때 결코 바람직한 행위는 아니죠.

저는 이 글에서 친구라는 단어를 쓰면서 어떤 근본적 관계를 말하고 있습니다. 그 관계란 우리가 만나는 모든 관계에 확대 적용됩니다. 나아가 친구와 관계를 맺어 가는 방법 역시 모든 관계로 확대 적용하는 게 옳다고 믿습니다. 최소한 우리가 관계 안에서 '행복'이라는 것을 찾기 위해서는 그렇게 해야 한다는 이야기죠.

돈을 벌어서
사람에게 쓰지 않으면 어디에 쓰랴

아무런 이유 없이, 조건 없이 따뜻하게 맞아 주고 챙겨 주는 친구가 한 명쯤 있을지 모릅니다. 그러나 이런 친구를 만나는 일은 전생에 나라를 구한 게 아니면 정말 드뭅니다. 누군가 영문도 없이 잘해 준다면 대개는 뭔가 바라는 게 있는 법이죠. 바라는 게 있는 것도 아닌데 챙긴다면 그건 그 전에 상대를 챙겼기 때문일 가능성이 큽니다.

저는 사람들과 만날 때 상대의 말을 절대 흘려듣지 않으려고 노력합니다. 일부러 상대의 궁한 처지나 최근 관심사를 찾아보려고 하지는 않지만 이야기를 주의 깊게 듣다 보면 상대가 현재 처한 입장이 머릿속에 그려집니다. 사람이란 각자의 사정이 있기 마련이고, 그 사정은 대화 중에 잠깐씩 얼굴을 비추기 때문이죠.

한 번은 지인과 한참 즐겁게 술자리를 갖고 있었습니다. 그런데 지인이 그러더군요.

"오늘은 술을 조금 조절해야겠다. 내일 회갑연이 있어서."

물어보니 본인 회갑인데 가족끼리 작은 모임을 갖기로 했답니다. "왜 그걸 이제 이야기하느냐"고 물으니 그가 "오늘을 축하자리로 대신하자"며 허허 웃습니다. 그런데 제 습관상 그 말을 잊지 못합니다. 알고도 모른 채 넘어가면 도리가 아닌 듯해 다음 날 그에게 선물을 보냅니다.

또 한 번은 성당에서 미사를 마치고 차를 한 잔 마시는데 성당 지인이 오늘 생일이라고 하더군요. 지나가는 말로 던진 것이겠지만 지나치지 못하는 제 성격이 또 발동합니다. 그 길로 생일 축하를 겸해 점심을 사겠다고 지인들을 모시고 식당으로 이동합니다.

저 들으라고 하는 말이 아니었습니다. 주변 사람들에게 축하받으려고 한 말도 아닙니다. 상대는 별 기대 없이 일상사 이야기하듯 꺼낸 말일 뿐입니다. 그런데 누군가 그 이야기를 잊지 않고 축하하거나 선물을 보내면 상대방은 예상치 못한 상황에 놀라기 마련입니다. 나아가 상대가 알아주기를 바라는 일, 즉 더 중요하거나 긴급한 일이라고 한다면 혹은 차마 남에게 말을 꺼내기 힘든 부탁이었다면 그때 도움의 손길을 내미는 사람에게 어떤 마음을 가질지는 상상하기 어렵지 않습니다.

제가 말을 흘려듣지 않는 습관을 갖게 된 것은 젊은 시절부터 인맥 관리에 관심이 많았던 까닭도 있습니다. 그때는 업무 때문이었는데 다니면서 만나는 사람이 참 많아졌고, 그들을 챙기려고 시간을 들이고 발품을 팔다 보니 사람들을 어떻게 만나야 하는지 나름 방법을 터득하게 되었습니다. 그런 이야기들은 『하루 1시간 인맥관리』라는 책에서 자세히 풀어놓기도 했습니다만 제 인맥 관리가 약간 달랐던 점은, 업무적 목적을 위해서만 지인을 챙긴 게 아니라는 점이었습니다. 일로 만나는 사람이든 일상적으로 만나는 사람이든 상관없습니다. 저는 만나는 모든 사람을 똑같이 대하려고 노력했습니다. 이 글에 적기가 민망하거나 다소 간 오해의 소지가 있는 일까지, 사람 챙기기는 그 자체로 제 자신에게 존재 가치를 느끼도록 만들어 주는 일이었고 행복이었습니다.

저는 인연이란 걸 크게 개의치 않고 살았습니다만, 살다 보니 세상이 의외로 좁다는 걸 알게 되었습니다. 몇 해 전에 연락이 끊어졌던 사람을 다시 만나게 되는 일을 수차례 겪다 보니 어떤 게 좋은 만남인지 나름 철학을 갖게 되었습니다.

첫째, 최대한 좋은 첫인상을 남길 것
둘째, 첫인상을 유지할 것
셋째, 진정성을 갖고 만날 것

물론 결과가 제 의도와 다를 때도 있습니다. 선의를 갖고 만났는데 간혹 일이 틀어지는 경우도 있었습니다. 그럼에도 '최대한' 좋은 인상을 남기기 위한 노력을 포기하지 않았습니다.

첫인상을 좋게 하는 것보다 더 힘든 게 첫인상을 지속하는 일입니다. 사람은 만나다 보면 친해지기 마련이고, 그러다 보면 자기도 모르는 사이에 선을 넘는 경우가 종종 생깁니다. 친해지는 것 자체가 나쁜 건 아니지만 첫인상의 느낌이 달라지는 건 문제가 됩니다. 뭔가 달라졌다는 말은 신뢰성에 타격을 입힐 수 있기 때문이죠. 제가 첫인상의 지속에 더 신경을 쓴 이유는 이 때문입니다.

마지막 진정성은 아마 이 셋 가운데 가장 중요한 게 아닐까 싶습니다. 나이 많은 사람도, 나이 적은 사람도 누구나 나름 진정성에 대한 감을 갖고 있습니다. 이 감은 말로 설명하기 어렵지만 세상을 살면서 누구나 갖게 되는 최소한의 것이라고 생각합니다. 이 예민한 감각은 상대방의 말과 행동에 진정성이 있는지 없는지 잘 가려내곤 합니다. 제가 뭔가 꿍꿍이를 갖고 상대를 만난다면 그는 금세 저의 불순한 의도를 파악하고 거리를 두려고 하기 마련이죠. 진정성이란 그가 제게 어떤 도움이 될 것 같다는 그런 계산을 버리고 사람 대 사람으로 만날 때 전달될 수 있습니다.

또 하나가 있습니다. 이 모든 관계를 떠받치는 마지막은 '돈'입니다. 이 말은 오해의 소지가 다분합니다. 돈이 인간관계의 밑바탕에 있다는 이야기는 인간관계란 결국 나의 이익을 위한 일이라는 말처럼 들립니다. 그러나 그런 뜻이 아닙니다. 제가 말한 '돈'은, 가정을 유지하는 가장 기본적인 조건이라고 말할 때의 그런 의미입니다. 나아가 누군가를 위해 주머니를 열기가 쉽지 않다는 그런 현실적인 의미에서의 돈입니다.

아직 잘 모르는 누군가가 저에게 돈을 쓴다면 우리는 그의 저의를 의심하기 마련입니다. 나에게 뭔가 바라는 게 있으니까 돈을 쓰는 것이라고 여기는 게 일반적인 상식입니다. 그런데 돈을 쓰면서도 내색하지 않고, 바라는 게 없을 수도 있습니다. 더욱이 돈의 용처도 중요합니다. 놀기 위해 마구 낭비하는 경우와 상대방을 축하하거나 상대방과 어울리기 위해서 쓰는 경우에는 같은 돈을 쓰더라도 지불자의 이미지에 큰 차이가 생기기 마련입니다.

이 둘의 차이가 가장 극적으로 대비되는 것은 돈의 액수입니다. 만일 꿍꿍이를 갖고 있는 사람이라면 돈의 액수가 중요합니다. 상대에게 바라는 게 있을 때 액수를 따지게 마련입니다. 바라는 게 없을 때는 돈의 액수가 중요하지 않습니다. 조금 적은 액수라도 함께 즐거운 시간을 보낼 수 있기 때문이죠.

만나는 사람이 많다 보니 사실 대인관계에 지출하는 액수가 벌이에서 차지하는 비중이 높은 게 사실입니다. 그러나 개별 사안으로 좁혀 뭔가 꿍꿍이가 있는 사람이 준비한 액수와 비교하면 새 발의 피 수준입니다. 중·고등학교 동기들도 만나고 동문들도 만나고, 여러 회사에 걸쳐서 알고 지내는 사람들도 만나고, 성당 사람들도 만납니다. 이 밖에도 모임이 몇 개 더 있습니다. 개별적으로 찾아오거나 부르는 사람도 있습니다. 모든 자리에서 제가 비용을 다 내는 건 아니지만 적지 않은 자리에서 제가 비용을 냅니다. 그러다 보니 버는 돈의 20% 정도는 늘 사람에게 쓰게 됩니다.

아마도 제 지인들은 제게 고마움을 표시할지 모릅니다. 제가 뭔가 도움을 청하거나 손길이 필요해서 돈을 쓰고 자리를 마련하는 게 아님을 잘 알기 때문이죠. 그러나 이미 저는 대가를 받았다고 생각합니다. 그들이 제 초청에 응해 주고, 자리를 빛내 줬고 그리고 무엇보다 함께 즐거운 시간을 보냈기 때문이죠.

●

저는 이 돈을 행복 비용이라고 부르고 싶습니다.
행복을 물론 돈으로 살 수는 없습니다.
돈과 행복을 일대일로 교환하는 건 불가능합니다.
대신 돈은 우리에게 행복의 기회를
제공하는 역할을 한다고 믿습니다.
사람은 누구나 외로운 섬입니다.
그 섬으로 사람들을 초대하려면
최소한의 비용이 필요한 것이라고 생각합니다.

행복 비용을 지출하는 또 다른 방법이 있습니다. 지원이나 기부입니다. 저는 신앙생활을 하는 입장이므로 신앙인들과 인연이 있습니다. 금전적 대가 없이 순수한 마음으로 봉사를 하는 분들이 계십니다. 그들에게 격려가 필요할 때가 있습니다. 그래서 때때로 그분들을 모시고 식사 자리를 마련하거나 가끔 단체 여행을 주선하며 비용을 제가 내기도 했습니다. 저는 아무런 이해관계가 없는 사람이지만 좋은 일 하시는 분들에게 조금이나마 힘이 되고 싶은 마음이었고, 흔쾌히 마음을 받아 주시니 저로서는 흡족한 일이었지요.

종교 단체뿐 아니라 여러 단체를 통해서 어려움을 겪는 이웃을 금전적으로 도울 수 있습니다. 교육 불모지의 아프리카 어린이들이나 성모 꽃마을 등 어려운 이웃뿐 아니라 호스피스 단체, 탈북자 지원 단체에 저 역시 작은 도움을 주려고 늘 챙기고 있습니다. 이 사회에서 제가 공존하고 있다는 사실을 느끼는 것만큼 보람을 느끼고 행복감을 맛볼 수 있는 일도 드물죠.

돈은 버는 것도 중요하지만 쓰는 게 더 중요합니다. 저 개인의 즐거움을 위해 돈을 쓰는 건 적게 쓰는 것이지만 어려운 이웃을 돕고 즐거움을 나누기 위해 지갑을 여는 건 돈을 크게 쓰는 것입니다. 그렇게 크게 쓰는 일은 제게 행복을 가져다주지요. 지갑이 빌수록 그 빈틈으로 행복이라는 따뜻한 마음이 채워집니다.

모임 자리 만드는 법

이 책 전체에서 가장 실용적인 정보를 소개하는 순간이 아닌가 싶습니다. 과연 사람들과 어떻게 만나야 하는지 제 경험을 공유하고 싶습니다. 저에게는 자리를 만들고, 자리에서 대화를 나누는 원칙이 몇 가지 존재합니다.

첫째, 근래 형편이 좋지 않거나 낙심한 지인을 초대합니다.

뜻한 바가 제대로 풀리지 않아 낙심하는 친구가 있기 마련입니다. 직장에서 낭패를 보거나 돈 문제로 곤경에 처하거나 가정 내에 문제가 발생해 위기의 순간에 처한 사람들이 있기 마련입니다. 자리에서 물러났거나 부모님 상을 당했거나 가족 중에 병에 걸려 힘든 처지에 놓인 사람이 있기 마련입니다. 대개 이런 위기에 처한 사람들은 연락이 뜸해지고 모임에도 잘 참석하지 않습니다. 나오고 싶지 않아서라기보다는 시간도 없고 주머니 사정도 넉넉지 못하다 보니 자꾸만 자리를 피하게 됩니다. 이럴 때 가끔이라도 연락을 주거나 술 한 잔 사겠다고 자리에 초대합니다. 물론 난둘이 반날 수도 있습니다만, 그것보다는 모임 자리에 초대하는 게 더 좋을 것 같습니다. 그렇게 해야 일상 모임에 그를 초대한다는 느낌을 줄 수 있기 때문입니다. 저는 그의 아픔을 알은체하지 않고 편하게 대하고 싶습니다. 특히나 사업 실패 따위로 자존심이 구겨진 친구라면 그의 자존심을 지켜 주는 편을 택해야 한다고 생각합니다. 그가 다시 힘을 낼 수 있도록 밝고 즐거운 분위기를 만드는 게 좋은 방법이죠.

둘째, 말수 적은 참석자들이 화제의 중심에 설 수 있도록 분위기를 조절합니다.

예를 들면 한 10명쯤 함께하는 모임의 경우, 참석자 가운데 활달한 성격의 2~3명이 끌고 가는 경우가 많습니다. 그러다 보면 나머지 사람들은 소외되기 십상입니다. 이를 막기 위해서 저는 말없이 앉아 있는 지인들의 이름을 부르면서 그의 장점을 이야기하곤 하죠. "학교 시절 너는 공부를 잘하지 않았느냐?", "그 방면에 전문가 아니냐?" 하고 제가 기억하는 그의 멋진 점을 표현합니다. 그렇게 상황에 맞게 화제를 돌리면 대화의 방향이 그쪽으로 가더군요. 누군가가 각 참석자를 배려해 주면 소외되는 사람이 없는 즐거운 자리를 만들 수 있습니다.

셋째, 상대방의 장점만 생각하고 대화를 나눕니다.

둘째 원칙과 이어지는 내용입니다. 사람이다 보니 상대에 대한 기억이 좋은 것만 있을 리는 만무합니다. 그런데 제가 살아 보니 조금이라도 나쁜 기억을 갖고 만나게 되면 아무리 오랫동안 관계를 지속하더라도 어느 선 이상은 관계가 좋아지지 않았습니다. 그걸 안 뒤로는 사람을 만날 때는 나쁜 기억은 다 지우고 만나려고 일부러 노력하게 되었습니다. 좋은 감정으로 만나도 시간이 부족할 판에 이미 지나 버린 나쁜 감정으로 상대를 대하면 사람들은 금방 제 마음을 알아차리고 거리를 유지하려고 합니다.

넷째, 문제의 소지를 안고 있는 화제는 가급적 피합니다.

예민한 대화 소재가 있습니다. 정치가 대표적입니다. 이런 소재는 빠지기도 어렵습니다. 술 한 잔 걸치는 자리라면 어떻게든 화제에 오르기 마련입니다. 이때가 정말 중요합니다. 대화를 막을 수는 없는 노릇이지만 가능하다면 다른 화제로 이동하는 게 좋고, 설령 정치 이야기를 하더라도 상대에 대한 비방이 되지 않도록 주의해야 합니다. 저는 좌니 우니 하며 이야기가 조금 격해진다 싶을 때 "친구 사이에 좌면 어떻고 우면 어떠냐?"고 말하며 정치적 신념보다 더 중요한 인간관계를 강조해 상황을 마무리하려고 노력하는 편입니다. 신념이 중요하지 않다는 건 아닙니다만, 그보다는 사람이 먼저라고 믿습니다.

다섯째, 나이가 어린 사람들의 발언권을 보장합니다.

연배가 다른 사람들이 모이는 자리가 있습니다. 일반적인 조직이나 단체의 자리라면 연령층이 다양한 게 지극히 정상입니다. 이럴 때 보면 대개 젊은 사람들은 나이 든 사람들 챙기기에 여념이 없습니다. 대화에서 소외되고 눈칫밥을 먹습니다. 그런 일이 되풀이되면 젊은 사람들은 자리에 오기 싫어합니다. 만일 정기적으로 만남을 이어 가는 모임이라면 저는 젊은이들에게 총무나 회장 혹은 분위기 주도권을 양보해야 한다고 생각합니다. 이는 오아시스레코드의 손진석 사장에게 배운 교훈이기도 합니다. 나이 들면 이게 어려울 수 있습니다. 젊은이들 보면 한 수 가르쳐 주고 싶은 마음이 계속 올라옵니다. “나는 왕년에 이랬다” 하고 입이 간질거립니다. 대화의 소재가 계속 과거로 회귀합니다. 안 그래도 세대 차이가 나는데 대화 소재마저 달라집니다. 이런 마음을 자제해야 합니다. 결론을 내리려고도 하지 말고, 분위기를 끌고 가려고도 하지 말아야 합니다. 동문회에 나가면 서른 살이 적은 후배들도 나옵니다. 저는 가급적 그들에게 존댓말을 하려고 노력합니다. 그렇게 대등한 관계에서, 때로는 그들의 뒤에 남아 있어야 교우가 가능해집니다.

여섯째, 돈은 제가 냅니다. 단, 내색하지 않습니다.

미리 짚어 둘 게 있습니다. 대개의 정기적 모임은 회비가 있기 마련입니다. 또 초대받은 자리라면 굳이 비용을 지불할 필요는 없습니다. 그런데 누군가 위로해 주고 싶은 사람이 있거나 친구들이 보고 싶을 때가 있습니다. 그때는 제가 한 잔 사겠다고 꼭 밝힙니다. 이건 한 가지 중요한 이유가 있는데 주머니 사정에 여유가 없는 친구가 있을 수 있기 때문이고, 누구는 많이 내고 누구는 적게 내다 보면 묘한 분위기가 생길 수 있기 때문입니다. 이를 사전에 막고 순수한 친구 사이로 만나려면 비용을 지불하겠다고 마음먹고 자리를 만드는 것이죠. 단, 초대할 때만 언급하고 모임에 참석한 뒤에는 저 역시 초대받은 사람처럼 모임의 일원으로 행동합니다. 간혹 돈을 낸 사람이 모임의 주도권을 잡고 있는 경우가 있는데 그러면 분위기가 이상해지기 십상입니다. 물론 말을 안 해도 친구들은 제가 돈을 낸다는 사실을 잘 압니다. 그럴수록 더욱 안 보이는 곳에서 사람들을 챙기는 게 제가 할 역할이죠.

일곱째, 모든 만남은 '어울림'이 되도록 노력해야 합니다.

마지막 원칙입니다. 인간관계는 일종의 예술입니다. 서로 다른 방식으로 살아온 사람들이 하나의 공간에 모여서 어울림이라는 균형을 이루는 것은 그 자체로 위대한 예술입니다. 평등성이 구현되고, 인간미가 담뿍 표출될 수 있는 공간 역시 어울림에 바탕을 둔 만남뿐입니다. 저는 이런 만남에서 우리가 예술가가 되기를 바랍니다. 저는 어울림을 추구하는 이 만남에서 우리가 시인이 되기를 바랍니다. 마치 다섯 개의 손가락이 서로 힘을 합해 아름다운 그림을 그리고 아름다운 음악을 연주하듯이 우리 각자는 각자의 성정에 맞는 역할을 하며 모임 전체를 아름답게 만들어 갈 소명 의식이 있는 것이고, 그럴 때 각자에게 행복이라는 선물이 주어지는 것이라고 믿습니다.

만나는 모든 이에게 감사를

육십의 나이에 이르러 기억을 더듬어 봅니다. 지금까지 만났던 사람들의 얼굴을 하나씩 떠올려 봅니다. 기억이 한계에 부딪치면 이름과 연락처를 기록해 뒀던 리스트를 꺼내 보고, 개개인의 특성과 관심사, 소속 등을 적어 둔 명함도 들여다봅니다. 스쳐 지나갔던 인연도 있고, 오랫동안 만나면서 저보다 더 저를 잘 알게 된 사람도 있습니다. 그렇게 1만 명과 인연을 맺어 오며, 오늘 그들이 저를 만들었다는 사실에 감사를 보냅니다.

조각가의 칼이 석고 덩어리에 닿으며 아름다운 상이 탄생하듯이 지난 육십 년간 1만 명이 넘는 사람들이 제 옷깃을 스쳐 가면서 지금의 저를 만들었습니다. 때로 우리는 서로를 조각하면서 뜻하지 않은 상처를 주기도 했고, 누구보다 멋들어진 솜씨로 마음에 깊은 감동을 남기기도 했습니다. 그 결과가 어땠든 저는 지금 그들에게 감사를 보냅니다.

늘 우리 모임에서 웃음을 나눠 주는 이성근 친구에게 감사합니다. 그는 안동 양반 출신으로 머리는 벌써 하얗게 샜지만 모임을 즐겁게 인도해 주는 자랑스러운 친구입니다. 그는 동양철학과 한문에 조예가 깊고 늘 정도를 걷습니다. 옛것을 잘 알지만 그렇다고 옛것만을 고집하지 않으며 정직하게 살아갑니다. 소박한 삶을 즐기며 이야깃거리가 풍부한 그를 지인들은 다 좋아합니다. 다만 예나 지금이나 술이 약해 지하철만 타면 잠이 드는 모양입니다. 그게 걱정인 친구들은 그에게 카톡을 보내서 하차역을 놓치지 않도록 도와주는데, 눈으로 카톡 단체방에서 오가는 대화를 보고 있노라면 1차만 끝내고 일어선 게 아쉬워질 때도 있죠.

저를 책 쓰기의 세계로 인도해 준 김영식 사장에게도 감사를 보냅니다. 그는 한국전자전에 참석했다가 알게 되었는데 사실 비즈니스적으로는 아무런 이해관계도 없었습니다. 어쩌면 그런 이유 때문인지 모릅니다만, 우리는 금세 친해지고 말았습니다. 그에게 강의 요청에 이어서 책 쓰기 권유까지 들으며 책을 쓸 용기도 얻었습니다. 제가 멋모르고 책 쓰기에 도전할 수 있도록 용기를 불어넣어 준 그에게 감사를 보냅니다.

지금은 은퇴해서 중소기업체 경영 지도를 하고 있는 최상용 사장에게도 감사를 보냅니다. 그는 태광산업에 근무할 때부터 알고 지낸 신사였습니다. 품위를 잃지 않고 자상함과 배려로 사람을 대하는 그의 태도는 저에게 모범이 되었습니다.

"우리가 살아서 다시 만날 수 있겠느냐"는 말로 제 마음을 흔들었던 제주 친구 양완희에게도 감사를 보냅니다. 2018년 초에 다시 전화를 하며 올해는 꼭 한 번 놀러 오라는 그에게 꼭 가겠다고 다짐했습니다. 제주도 우체국 국장으로 지내는 그는 올해가 은퇴인데 사는 곳이 그런지 성정이 그런지 꼭 시골 아저씨처럼 이야기를 합니다. 그게 그렇게 정감 어릴 수가 없습니다. 때마다 감귤을 수확해서 보내 주는 것도 고맙습니다. 그를 만나면 마음이 푸근해지고 예전 시절의 감성과 정이 느껴집니다.

성당에서 만난 박석기 사도요한 대학교 선배에게도 감사를 보냅니다. 같은 아파트에 살고 같은 성당에 다니며 우리는 대학 동문임을 알게 되었습니다. 그는 일요일만 되면 저를 반갑게 맞아 줍니다. 현재 일흔 정도의 나이인데 사십 대와도 잘 어울리며 젊게 살아가는 모습은 늘 제 마음을 흐뭇하게 만듭니다.

아내와 함께 신앙생활을 이어 가고 있는 신앙 교우들과 본당 공동체 여러분께도 감사한 마음을 전합니다. 그들의 놀라운 봉사 정신과 이웃 사랑의 마음은 아름다운 본보기입니다.

제가 몸담고 있는 회사 씨엔플러스의 국내외 고객님에게도 감사의 말씀을 드립니다. 여러분의 도움이 비가 되고 거름이 되어 오늘날의 씨엔플러스를 일구는 데 큰 힘이 되었습니다.

또 일일이 호명하기 어려운 친구들과 형제 같은 금오인, 첫 직장인 태광산업 시절부터 이후 이직한 회사와 지금의 회사까지 늘 자기 일처럼 저를 챙겨 줬던 분들 그리고 제가 인생 후반부에 새로운 사업에 도전할 수 있도록 힘과 용기를 주신 한무근 회장님께도 감사한 마음을 전합니다. 여러분은 기꺼이 저의 편이 되어 줬습니다.

작년에 저는 지인 100명을 초대해 아내를 위한 자리를 마련했습니다. 오랫동안 제 곁을 지켜 주며 오늘의 저를 만들어 준 아내에게 감사패를 증정하는 자리였습니다. 그날도 그랬지만 오늘도 다시 한 번 감사하는 마음을 전합니다. 그리고 아들에게, 이제 너의 시간이다….

여러분에게도 감사를 권합니다. 감사하는 데에는 딱히 이유가 필요 없습니다. 성숙한 사람이 모든 인연을 아름다움으로 여기듯 우리 역시 만났던 그리고 만나는 모든 이에게 감사를 보내봅시다. 그대와 함께하는 식사는 언제나 맛있고 즐겁습니다. 음식 때문만은 아니겠지요. 그대와 함께여서 정말 행복한 인생입니다.

애완동물을 키우는 사람을 요즘 '집사'라고 표현하더군요. 도도한 이미지의 고양이를 키우는 사람들을 집사라고 부르다가 요즘은 모든 애견인을 '집사'라고 부릅니다. 동물을 키우는 게 아니라 모시고 산다는 의미에서 자신들을 그렇게 부르고 있습니다.

일반적으로 애완동물을 기르는 일은, 정서적 안정과 밀접한 관계 안에서 설명됩니다. 개인주의가 심화된 현대사회에서 인간관계에 어려움을 겪거나 스트레스를 받고 사는 현대인들이 애완동물을 통해 정서적 안정감을 되찾기 때문일 것입니다. 말 없는 이 동물들은 저를 배신하지도 않고 저를 아프게 하지도 않을 뿐 아니라 늘 사랑스럽고 충성스런 마음으로 따릅니다. 그게 오늘날 애완동물 문화가 성장하는 이유라고들 많이 말하고는 하지요.

그런데 여기에는 한 가지 간과된 게 있는 것 같습니다. 물론 동물에게 얻는 정서적 충전감도 한몫하는 건 부인하지 않지만 사람에게 부여된 본능적 모성애입니다. 아내는 식물을 기르는 것에서 행복을 느낍니다. 어떤 이는 개나 고양이처럼 정서적 피드백이 없는 동물, 즉 금붕어나 도마뱀과 같은 동물을 기르면서 행복을 느낍니다. 사람에게는 다른 생명을 돌보는 데서 행복을 느끼는 마음이 있는 것 같습니다. 그건 꼭 부모가 되어야 하는 것도 아니죠. 어린아이들이 애지중지 양파를 기르거나 물고기를 기르는 모습에서도 확인이 됩니다. 어쩌면 농사를 짓고 가축을 기르던 민족의 유전자 영향이라고 설명할 수도 있을지 모릅니다. 기르는 데서 즐거움을 느끼고 정서적 안정감을 느낀다는 것, 나아가 기르고 있는 것이 식물이든 동물이든 상관없이 그들을 자신의 일부처럼 여기게 되는 것은, 행복을 찾는 우리에게 중요한 시사점이 있다고 생각합니다.

그것은 저라는 게 단독으로 존재할 수 없다는 뜻일 뿐 아니라 상대가 존재할 때 저의 존재 가치를 느낄 수 있다는 뜻이 됩니다. 나의 손길이 닿은 네가 이렇게 살아 있어서 나는 정말 고맙고 행복하다! 아내가 화초를 닦을 때 꼭 표정이 그런 것처럼 느껴질 때가 있죠.

사람은 베풂으로서 행복을 느끼는 존재입니다. 꼭 돌려받아야 한다는 생각, 즉 보상이 없어도 상관없습니다. 세상에 어느 부모가 자식이 효도를 하지 않는다고 배은망덕하다고 화를 내나요? 기르는 것 자체로 행복을 느끼는 것이고, 다만 안타깝게도 그렇게 돌봤지만 잘 피어나지 않을 때 마음 아파하고 슬퍼하는 것이 사람입니다.

사람과 사람이 만나는 일이 꼭 그렇습니다. 만남이란 서로에게 손길을 내미는 과정입니다. 그는 저를 만나 성장하고 저는 그를 만나 성장합니다. 그는 저를 만나 생명력을 얻고 저는 그를 만나 생명력을 얻습니다. 우리는 서로를 기르고 북돋습니다. 상대가 저로 인해 즐거움을 얻으면 저는 행복을 얻습니다. 제가 그로 인해 즐거움을 얻으면 그는 행복을 얻습니다. 이와 같이 행복은 손길을 베푸는 데 있습니다. 물론 그 손길이란 게 꼭 도움의 손길일 필요는 없습니다. 스치듯 지나는 한마디의 말이어도 괜찮고, 눈에 잘 안 띄는 희미한 미소여도 괜찮습니다. 한 잔의 차여도 좋고, 얼큰한 국밥 한 그릇이어도 좋습니다. 일부러 상대에게 베풀겠다는 생각이 아니어도 그저 만나서 마음을 서로 어루만지기만 해도 충분합니다.

사람은 누구나 갱년기를 지납니다. 우리를 남자로, 여자로 살아오게 했던 성호르몬이 감소하는 시기를 맞이합니다. 이 시기는 때로 우리에게 우울로 다가오기도 하지만 성장의 시기를 지나 성숙의 시기로 들어가는 과정이라고 생각해 본다면 우리는 남자나 여자라는 성을 벗어나 사람이라는 감정과 정신, 영혼의 세계로 접어 들어가고 있다고 믿고 싶습니다. '갱년기更年期'는 '새로운 삶으로 고쳐가는 시기'라는 뜻입니다. 육체적으로 쇠퇴를 의미하는 이 시기가 동시에 정신의 문이 새롭게 열리는 시기임을 우리는 직감적으로 알 수 있습니다. 더 이상 누군가를 기를 수는 없어도 우리는 마음으로 서로를 어루만질 수는 있습니다. 내 마음을 상대에게 주는 것, 내 마음으로 상대의 마음을 어루만져 주는 것, 그것을 베풂이라고 한다면 행복은 베푸는 자만이 누릴 수 있는 지상 최대의 특권이 아닐까 생각합니다.

강완모 정천호 권길순 이규동 정해균 김태웅 강석우 김희식 오왕근 김두열 김하수 임여재 구도회 조성천 조경성 박세흥 윤동한 지관홍 강병국 권노철 김광호 송태석 주영갑 천용우 최원용 황인구 이일호 박종원 강순중 오용석 은철기 이종진 민복기 김창환 정성열 양완희 김민섭 윤 신 이성근 양정영 김성원 김경희 공일천 권치환 김해곤 김현동 모종영 배종기 백성기 서상진 오재하 엄영관 유승한 이경무 이대일 이병만 이상호 이수명 이칠우 장창환 정은주 조봉래 조인호 차재경 하수철 홍종희 고창의 장철우 조정흠 황창연 이창식 조해식 홍경표 윤점홍 이도원 황중국 이동명 김정인 박병민 이평열 송병석 고영호 서영복 김영근 이승기 이희성 박재환 고선웅 조경제 유성재 이영주 정영고 최병룡 이심원 김영기 조향일 이건재 정도희 이봉규 현승호 한기수 허 인 조용순 김승대 신종호 박주영 김영두 김종식 이현덕 고영규 김재춘 조현증 안중철 유명한 이상경 서원식 이종원 임재현 배광배 백승엽 김형중 김동일 정명호 한현구 박태수 김성우 이영수 강명관 이승현 조기호 윤동해 김경일 임상국 심대선 김 준 김경도 정형락 김영인 최선화 김용한 임형희 임현희 임정심 이건재 안상수 이덕희 남종우 이수원 오광훈 전희용 조성길 정규봉 장재민 김국현 이덕수 이승현 정순재 남규선 박강식 하종원 이성범 이경준 정재철 최승윤 신종호 강성일 배권일 홍경표 진신호 최은석 최민근 안기주 홍진기 임하나 노영진 김용원 이상희 이병철 송인준 김진덕 이석종 박현종 제주헌 최지훈 박상용 최찬일 박진표 한점석 황기원 김남용 공준섭 이동현 김상조 최영재 김관윤 김성식 박윤섭 강명호 김진일 박남규 이승억 박효열 홍의성 김태용 신동권 박동준 리국화 진민섭 김충만 이용진 주재현 김재혁 박현종 서청록 권순걸 최재욱 석인철 기원도 황웅준 황상수 구진운 손태준 정다운 한만혁 명지우 이종업 배승춘 백흠섭 서호영 임재규 이시용 하재결 김효열 정의훈 정연재 이영빈 조재현 이홍영 최두고 하종성 최용기 임장현 배영태 이원중 이재희 권오규 최성봉 이창훈 이승원 최현민 남궁현 박근직 이제욱 김태화 여승용 주영재 공상원 정태진 백 연 공상원 최원식 김 현 김성봉 김용석 김영준 이광종 이수호 최광식 임미숙 지미숙 윤상보 홍경선 김상균 이규택 이종수 전주엽 여득기 하임수 현준길 정인석 김성태 정해용 장병재 조절체 박시환 원점연 김영석 이재민 임현지 김영엽 박성호 윤종일 박성현 박성훈 이승종 김기호 김진규 문병천 안정일 임상철 황병산 장철호 이종원 이교승 김동욱 서정호 강영석 송춘성 최재봉 이재활 박현준 박기영 허태영 김건우 권영보 김명호 이종천 오진기 김정환 이재형 김희태 임철호 이오영 하현수 김욱빈 김상원 윤연호 박강식 하종원 이성범 조한제 정한채 조재훈 정석규 조수철 문정수 전태석 박경영 김병주 박상환 최윤석 김정근 권순우 이대건 김석원 윤주환 김중태 이충호 전상철 송 용 장덕규 우태기 김대호 서영석 김명환 배윤수 함명수 신동운 김신호 최영호 문현록 이정호 신대현 염정환 이진영 임철수 한동곤 박영찬 박공희 장성호 김화년 최윤수 최진규 이상준 이종규 김학현 양경철 민재홍 조제호 장정헌 김성훈 이명희 김용상 정현도 박규태 권오현 신윤섭 정해경 우승완 김정현 이효준 박경민 김광엽 하종상 김경한 맹주석 한종찬 홍성표 박문규 안정석 황성록 서희철 한승헌 박득규 김태형 김일태 정기택 홍광기 김성진 김동수 민선미 주현제 이대귀 이활균 문영란 이효광 김화수 한동길 박수봉 김상현 최정식 이익규 진기홍 한주우 백승태 왕철민 김재필 제쌍호 최재영 김제호 강신규 전영환 이원복 이봉국 박종식 박진수 장진곤 김덕래 김재원 추아영 손병제 노근호 손효수 정현태 김정혁 이규원 박태인 김현종 이규원 김현종 차기철 손용준 손진환 이준혁 권순광 김상두 백승태 이한상 이충호 정진홍 최성국 안현근 조우정 엄기호 조용해 안성덕 이진국 안정현 김희정 김성열 박현일 유정우 손중수 윤석형 최웅철 장종설 이효경 강성기 박준홍 이상록 정현우 정한영 이수용 이인호 한덕창 김형섭 김재두 홍정권 정한준 표재성 문기억 김춘환 이기선 김경면 최정환 김광현 미용기 최주호 노성봉 신승민 김현일 배형근 배기만 김학용 현석근 동은철 정평수 신영섭 김은곤 임찬우 정병화 윤수철 백영현 허종식 염종섭 하충수 유주현 윤효성 안혜숙 홍상표 최형근 박정열 최문영 임문수 김승완 김진곤 차기석 함지수 김상근 박일기 이기승 이정훈 김희동 김한균 손광욱 이병현 이상준 안진서 김경한 박길재 이진우 한성일 이근수 김희조 이상규 김종선 양동일 이재서 김근혁 이병국 안종찬 김재만 김승대 김승식 박대진 임윤모 전영선 김태형 배동일 안민식 유광희 채유병 허현숙 최석주 최형식 박봉출 한기석 구자백 박정진 이예성 고승환 김용회 양준철 한글라라 정재웅 하병록 성윤희 구성진 임호정 이준영 한기석 황래욱 김건웅 신해선 박제성 김태상 정용현 김해수 서대석 김낙순 전필정 안희걸 박상신 구자군 이종원 최은미 오한상 이기룡 정옥균 윤보현 김병준 박귀철 백승일 최진규 김유식 김형린 김기호 신종호 김기태 우동균 최명수 권재욱 김유택 신창호 방재준 이동수 하명선 이창용 변희태 서영복 김귀동 이세곤 김민우 김준식 석승호 전택승 이기오 이덕수 이승현 정순재 남규선 고광림 조수정 이지선 이진호 정주원 최범승 김재원 신하종 이상기 이상조 정우석 류숙진 장재혁 이선관 방문규 홍영기 이효정 주석호 이명지 유지상 성락정 정원일 김기덕 오정일 박준재 석진오 임봉근 전효라 이경하 김대순 이은혜 임영찬 양삼진 임채용 소용준 김향삼 박송규 배선호 김미경 이효룡 이진욱 심민섭 오민욱 백종기 이상남 송범효 봉훈 윤영춘 김창욱 강대훈 이승훈 공혜진 김영주 김재현 권병두 이광재 김미라 오지은 박지애 이창주 이종육 변갑주 김대현 손민식 구승만 김성중 최영근 오수진 신종근 이효길 윤정환 김동수 진두종 박인호 박진남 유민호 박홍식 최환영 이광식 박치성 전원식 김명규 이호범 이석우 이동빈 정승준 조영식 김근영 최영진 유후상 오지영 이현우 송병찬 김상용 장국희 김형선 남한용 조장현 송홍성 하광헌 허동임 심재민 손철구 윤정현 김용윤 이영은 김창인 이은태 박진호 정규봉 장재민 김국현 안양동 서 일 박준석 박연도 홍성돈 김택수 이명석 박성림 김명수 장준기 박대균 김성범 이규성 김기배 장연호 조영활 안형만 홍성은 김영수 박규화 임선희 정택수 한병철 정재희 노진두 전상호 임동훈 구수현 신화룡 성현철 백형진 곽유진 이승만 배형수 배혜수 정재용 최두환 김대석 이종민 최찬용 신동석 이한상 김주형 김대욱 이준호 박상현 진민섭 강춘택 박규호 송창화 김지훈 문영국 서권희 이정진 박희돈 박상우 조진혁 최태준 이준호 신동근 서상우 박형웅 권오정 강석완 배정헌 허창우 정윤권 라 준석 이승국 손제호 김대홍 지성근 박헌건 윤해현 조해철 김진구 주영대 최석권 정성윤 김종기 전만권 천현태 소진석 김진영 문성학 이명원 이성우 이장호 김현수 정도희 강효희 신교정 이재혁 이형동 유 일 전형우 김영수 김진호 박준식 이제용 강영광 김정호 유창모 강승욱 유병규 노상각 주성국 이기복 이병주 구본승 성학봉 손영철 이제승 유영석 이원석 목영성 허대일 이상길 김봉석 김경현 신윤희 이재광 구본혁 박철은 강승욱 박민찬 김기령 박병학 설혜원 윤동한 이남수 송성태 김승일 김광민 김형일 이상학 지유상 박경환 서지훈 강재식 신준호 오선주 양도원 김세훈 이철웅 홍 경우 이광희 김현진 박제완 최진성 최영목 김용광 김명호 서경수 강인성 조성선 추광현 이동근 송민규 박석원 장수양 양동균 김남원 김성한 윤준성 노윤성 조우찬 장 리 서동석 김승선 김종식 김철남 노보현 김용래 김준식 이수권 김광욱 윤광현 신동엽 김춘광 고영준 오영길 양승욱 설성인 김종민 박성규 김성만 장기복 이상호 정호영 박준홍 김성주 권태진 서현호 안상우 이수원 오광훈 전희용 조성길 전영환 이원복 이봉국 박종식 박진수 장진곤 김덕래 김재원 추아영 손병제 노근호 손효수 정현태 김정혁 이규원 박태인 김현종 이규원 김현종 차기철 손용준 손진환 이준혁 권순광 김상두 백승태 이한상 이충호 정진홍 최성국 안현근 조우정 엄기호 조용해 안성덕 이진국 안정현 김희정 김성열 박현일 유정우 손중수 윤석형 최웅철 장종설 이효경 강성기 박준홍 이상록 정현우 정한영 이수용 이인호 한덕창 김형섭 김재두 홍정권 정한준 표재성 문기억 김춘환 이기선 김경면 최정환 김광현 미용기 최주호 노성봉 신승민 김현일 배형근 배기만 김학용 현석근 동은철 정평수 신영섭 김은곤 임찬우 정병화 윤수철 백영현 허종식 염종섭 하충수 유주현 윤효성 안혜숙 홍상표 최형근 박정열 최문영 임문수 김승완 김진곤 차기석 함지수 김상근 박일기 이기승 이정훈 김희동 김한균 손광욱 이병현 이상준 안진서 김경한 이현덕 고영규 김재춘 조현증 안중철 유명한 이상경 서원식 이종원 임재현 배광배 백승엽 김형중 김동일 정명호 한현구 박태수 김성우 이영수 강명관 이승현 조기호 윤동해 김경일 임상국 심대선 김 준 김경도 정형락 김영인 최선화 김용한 임형희 임현희 임정심 이건재 안상수 이덕희 남종우 이수원 오광훈 전희용 조성길 정규봉 장재민 김국현 이덕수 이승현 정순재 남규선 박강식 하종원 이성범 이경준 정재철 최승윤 신종호 강성일 배권일 홍경표 진신호 최은석 최민근 안기주 홍진기 임하나 노영진 김용원 이상희 이병철 송인준 김진덕 이석종 박현종 제주헌 최지훈 박상용 최찬일 박진표 한점석 황기원 김남용 공준섭 이동현 김상조 최영재 김관윤 김성식 박윤섭 강명호 김진일 박남규 이승억 박효열 홍의성 김태용 신동권 박동준 리국화 진민섭 김충만 이용진 주재현 김재혁 박현종 서청록 권순걸 최재욱 석인철 기원도 황웅준 황상수 구진운 손태준 정다운 한만혁 명지우 이종업 배승춘 백흠섭 서호영 임재규 이시용 하재결 김효열 정의훈 정연재 이영빈 조재현 이홍영 최두고 하종성 최용기 임장현 오민욱 백종기 이상남 송범효 봉 훈 윤영춘 김창욱 강대훈 이승훈 공혜진 김영주 김재현 권병두 이광재 김미라 오지은 박지애 이창주 이종육 변갑주 김대현 손민식 구승만 김성중 최영근 오수진 신종근 이효길 윤정환 김동수 진두종 박인호 박진남 유민호 박홍식 최환영 이광식 박치성 전원식 김명규 이호범 이석우 이동빈 정승준 조영식 김근영 최영진 유후상 오지영 이현우 송병찬 김상용 장국희 김형선 남한용 조장현 송홍성 하광헌 허동임 심재민 손철구 윤정현 김용윤 이영은 김창인 이은태 박진호 정규봉 장재민 김국현 안양동 서 일 박준석 박연도 홍성돈 김택수 이명석 박성림 김명수 장준기 박대균 김성범 이규성 김기배 장연호 조영활 안형만 홍성은 김영수 박규화 임선희 정택수 한병철 정재희 노진두 전상호 임동훈 구수현 신화룡 성현철 백형진 곽유진 이승만 배형수 배혜수 정재용 최두환 김대석 황기원 김남용 공준섭 이동현 김상조 최영재 김관윤 김성식 박윤섭 강명호 김진일 박남규 이승억 박효열 홍의성 김태용 신동권 박동준 리국화 진민섭 김충만 이용진 주재현 김재혁 박현종 서청록 권순걸 최재욱 석인철 기원도 황웅준 황상수 구진운 손태준 정다운 한만혁 명지우 이종업 배승춘 백흠섭 서호영 임재규 이시용 하재결 김효열 정의훈 정연재 이영빈 조재현 이홍영 최두고 하종성 최용기 임장현 배영태 이원중 이재희 권오규 최성봉 이창훈 이승원 최현민 남궁현 박근직 이제욱 김태화 여승용 주영재 공상원 정태진 백 연 공상원 최원식 김 현 김성봉 김용석 김영준 이광종 이수호 최광식 임미숙 지미숙 윤상보 홍경선 김상균 이규택 이종수 전주엽 여득기 하임수 현준길 정인석 김성태 정해용 장병재 조절체 박시환 원점연 김영석 이재민 임현지 김영엽 박성호 윤종일 박성현 박성훈 이승종 김기호 김진규 문병천 안정일 임상철 황병산 장철호 이종원 이교승 김동욱 서정호 강영석 송춘성 최재봉 이재활 박현준 박기영 허태영 김건우 권영보 김명호 이종천 오진기 김정환 이재형 김희태 임철호 이오영 하현수 김욱빈 김상원 윤연호 박강식 하종원 이성범 조한제 정한채 조재훈 정석규 조수철 문정수 전태석 박경영 김병주 박상환 최윤석 김정근 권순우 이대건 김석원 윤주환 김중태 이충호 전상철 송 용 장덕규 우태기 김대호 서영석 김명환 배윤수 함명수 신동운 김신호 최영호 문현록 이정호 신대현 염정환 이진영 임철수 한동곤 박영찬 박공희 장성호 김화년 최윤수 최진규 이상준 이종규 김학현 양경철 허창우 정윤권 라준석 이승국 손제호 김대홍 지성근 박헌건 윤해현 조해철 김진구 주영대 최석권 정성윤 김종기 전만권 천현태 소진석 김진영 문성학 이명원 이성우 이장호 김현수 정도희 강효희 신교정 이재혁 이형동 유 일 전형우 김영수 김진호 박준식 이제용 강영광 김정호 유창모 강승욱 유병규 노상각 주성국 이기복 이병주 구본승 성학봉 손영철 이제승 유영석 이원석 목영성 허대일 이상길 김봉석 김경현 신윤희 이재광 구본혁 박철은 강승욱 박민찬 김기령 박병학 설혜원 윤동한 이남수 송성태 김승일 김광민 김형일 이상학 지유상 박경환 서지훈 강재식 신준호 오선주 양도원 김세훈 이철웅 홍 경우 이광희 김현진 박제완 최진성 최영목 김용광 김명호 서경수 강인성 조성선 추광현 이동근 송민규 박석원 장수양 양동균 김남원 김성한 윤준성 노윤성 조우찬 장 리 서동석 김승선 김종식 김철남 노보현 김용래 김준식 이수권 김광욱 윤광현 신동엽 김춘광 고영준 오영길 양승욱 설성인 김종민 박성규 김성만 장기복 이상호 정호영 박준홍 김성주 권태진 서현호 안상우 이수원 오광훈 전희용 조성길 전영환 이원복 이봉국 박종식 박진수 장진곤 김덕래 김재원 추아영 손병제 노근호 손효수 정현태 김정혁 이규원 박태인 김현종 이규원 김현종 차기철 손용준 손진환 이준혁 권순광 김상두 백승태 이한상 이대일 이병만 이상호 이수명 이칠우 장창환 정은주 조봉래 조인호 차재경 하수철 홍종희 고창의 장철우 조정흠 황창연 이창식 조해식 홍경표 윤점홍 이도원 황중국 이동명 김정인 박병민 이평열 송병석 고영호 서영복 김영근 이승기 이희성 박재환 고선웅 조경제 유성재 이영주 정영고 최병룡 이심원 김영기 조향일 이건재 정도희 이봉규 현승호 한기수 허 인 조용순 김승대 신종호 박주영 김영두 김종식 이현덕 고영규 김재춘 조현증 안중철 유명한 이상경 서원식 이종원 임재현 배광배 백승엽 김형중 김동일 정명호 한현구 박태수 김성우 이영수 강명관 이승현 조기호 윤동해 김경일 임상국 심대선 김 준 김태형 김일태 정기택 홍광기 김성진 김동수 민선미 주현제 이대귀 이활균 문영란 이효광 김화수 한동길 박수봉 김상현 최정식 이익규 진기홍 한주우 백승태 왕철민 김재필 제쌍호 최재영 김제호 강신규 전영환 이원복 이봉국 박종식 박진수 장진곤 김덕래 김재원 추아영 손병제 노근호 손효수 정현태 김정혁 이규원 박태인 김현종 이규원 김현종 차기철 손용준 손진환 이준혁 권순광 김상두 백승태 이한상 이충호 정진홍 최성국 안현근 조우정 엄기호 조용해 안성덕 이진국 안정현 김희정 김성열 박현일 유정우 손중수 윤석형 최웅철 장종설 이효경 강성기 박준홍 이상록 정현우 정한영 이수용 이인호 한덕창 김형섭 김재두 홍정권 정한준 표재성 문기억 김춘환 이기선 김경면 최정환 김광현 미용기 최주호 노성봉 신승민 김현일 배형근 배기만 김학용 현석근 동은철 정평수 신영섭 김은곤 임찬우 정병화 윤수철 백영현 허종식 염종섭 하충수 유주현 윤효성 안혜숙 홍상표 최형근 박정열 최문영 임문수 김승완 김진곤 차기석 함지수 김상근 박일기 이기승 이정훈 김희동 김한균 손광욱 이병현 이상준 안진서 김경한 황기원 김남용 공준섭 이동현 김상조 최영재 김관윤 김성식 박윤섭 강명호 김진일 박남규 이승억 박효열 홍의성 김태용 신동권 박동준 리국화 진민섭 김충만 이용진 주재현 김재혁 박현종 서청록 권순걸 최재욱 석인철 기원도 황웅준 황상수 구진운 손태준 정다운 한만혁 명지우 이종업 배승춘 백흠섭 서호영 임재규 이시용 하재결 김효열 정의훈 정연재 이영빈 조재현 이홍영 최두고 하종성 최용기 임장현 오민욱 백종기 이상남 송범효 봉 훈 윤영춘 김창욱 강대훈 이승훈 공혜진 김영주 김재현 권병두 이광재 김미라 오지은 박지애 이창주 이종육 변갑주 김대현 손민식 구승만 김성중 최영근 오수진 신종근 이효길 윤정환 김동수 진두종 박인호 박진남 유민호 박홍식 최환영 이광식 박치성 전원식 김명규 이호범 이석우 이동빈 정승준 조영식 김근영 최영진 유후상 오지영 이현우 송병찬 김상용 장국희 김형선 남한용 조장현 송홍성 하광헌 허동임 심재민 손철구 윤정현 김용윤 이영은 김창인 이은태 박진호 정규봉 장재민 김국현 안양동 서 일 박준석 박연도 홍성돈 김택수 이명석 박성림 김명수 장준기 박대균 김성범 이규성 김기배 장연호 조영활 안형만 홍성은 김영수 박규화 임선희 정택수 한병철 정재희 노진두 전상호 임동훈 구수현 신화룡 성현철 백형진 곽유진 이승만 배형수 배혜수 정재용 최두환 김대석 황기원 김남용 공준섭 이동현 김상조 최영재 김관윤 김성식 박윤섭 강명호 김진일 박남규 이승억 박효열 홍의성 김태용 신동권 박동준 리국화 진민섭 김충만 이용진 주재현 김재혁 박현종 서청록 권순걸 전영환 이원복 이봉국 박종식 박진수 장진곤 김덕래 김재원 추아영 손병제 노근호 손효수 정현태 김정혁 이규원 박태인 김현종 이규원 김현종 차기철 손용준 손진환 이준혁 권순광 김상두 백승태 이한상 이충호 정진홍 최성국 안현근 조우정 엄기호 조용해 안성덕 이진국 안정현 김희정 김성열 박현일 유정우 손중수 윤석형 최웅철 장종설 이효경 강성기 박준홍 이상록 정현우 정한영 이수용 이인호 한덕창 김형섭 김재두 홍정권 정한준 표재성 문기억 김춘환 이기선 김경면 최정환 김광현 미용기 최주호 노성봉 신승민 김현일 배형근 배기만 김학용 현석근 동은철 정평수 신영섭 김은곤 임찬우 정병화 윤수철 백영현 허종식 염종섭 하충수 유주현 윤효성 안혜숙 홍상표 최형근 박정열 최문영 임문수 김승완 김진곤 차기석 함지수 김상근 박일기 이기승 이정훈 김희동 김한균 손광욱 이병현 이상준 안진서 김경한 이현덕 고영규 김재춘 조현증 안중철 유명한 이상경 서원식 이종원 임재현 배광배 백승엽 김형중 김동일 정명호 한현구 박태수 김성우 이영수 강명관 이승현 조기호 윤동해 김경일 임상국 심대선 김 준